新世紀叢書

當代重要思潮・人文心靈・宗教・社會文化關懷

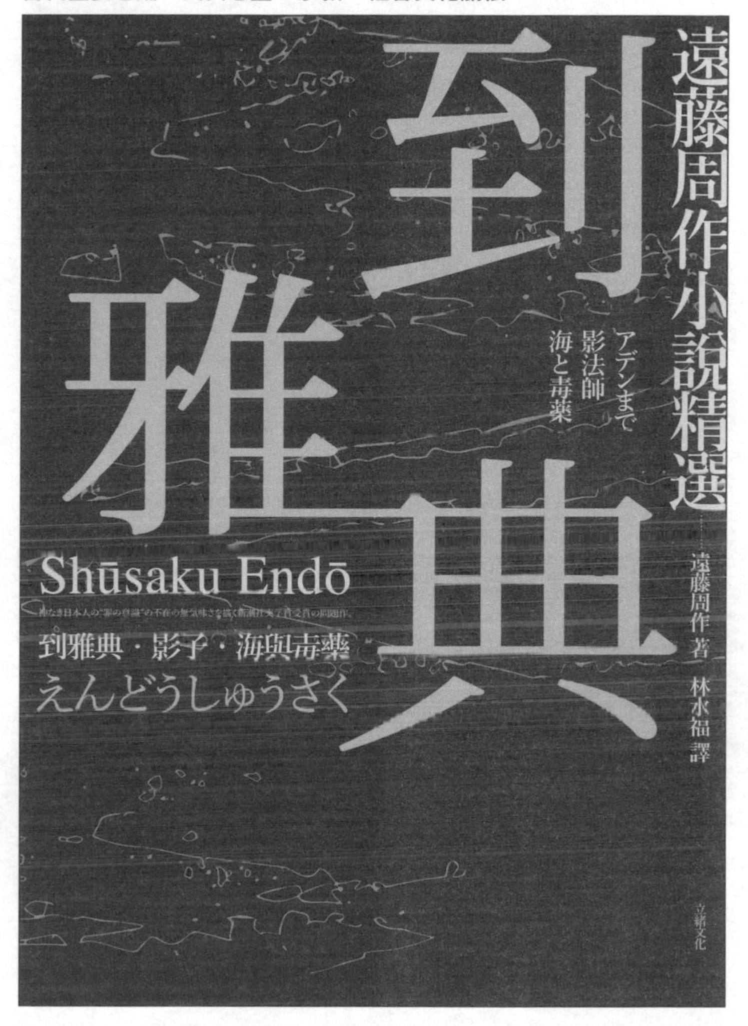

到雅典：遠藤周作小說精選

【目錄】本書總頁數272頁

導讀
探討日本人罪的意識

林水福

遠藤周作在成瀨書房刊行的《到雅典》的〈後記〉寫道：

〈到雅典〉是我最初的小說。一九五三年從三年留學生活歸國，治病期間寫成的作品，發表於《三田文學》。恩師佐藤朔先生說以處女作而言，不錯；但是文壇前輩的批評，嚴厲。即使今日仍愛戀這篇作品，或許所有作家皆如此，因為覺得這短篇包含後來我全部作品的方向與題目。

〈到雅典〉的開頭，女孩從巴黎到馬賽送明天要離開歐洲的主角。去年（二〇一六）已公開現實中這位女學生名叫富蘭索瓦茲，從巴黎經里昂到馬賽，在馬賽的飯店一起度過留法的最後一夜。遠藤《留法日記》（一九五二年九月～一九五三年一月）記載這日：「即使最後一夜，也沒有碰妳。」

開頭部分乍看會以為是戀愛小說；其實，不是。如上文「這短篇包含後來我全部作品的方向與題目。」具體而言，是什麼？有哪些作品？

一是人種問題。白人的優越感，其他人種如黑色人種，黃色人種的卑下，與被歧視感。這部份後來有《白色人種》《黃色人種》等作品。

二是神，或者說宗教信仰的問題。這是遠藤一輩子小說中追求的主題。如《海與毒藥》、《沉默》、《醜聞》、《武士》、《深河》等皆是。

三則是惡的問題。遠藤在《醜聞》中也觸及這個問題，本來有意再深入挖掘，後來又回到以宗教為主題的線上。結果，終其一生，對於惡，未有更深入的探討。

〈影子〉與〈母親〉是我最喜歡的遠藤的短篇小說。〈影子〉寫的是曾經是主角的「我」的母親的輔導神父，母親甚至希望自己的兒子能以神父為榜樣，將來也當神父。神父是主角追尋的模範，人生的標竿；然而，這樣的神父後來卻傳出與女信徒有不正常的交往，謠言四起……。有一天，主角的「我」帶著未婚妻，到神父那兒，準備跟神父報告婚事，請求祝福。不意，一打開門，看到神父摟著的就是傳言中的女性⋯⋯。

遠藤曾說過，宗教文學不是歌頌神或天使的，最重要的是描寫人性。從〈影子〉我們可以看到信仰與人性的掙扎，神職人員可能遭遇到的「試煉」與「折磨」。

〈海與毒藥〉

1

〈海與毒藥〉先在《文學界》（一九五七年六、八、十月號）連載，翌年四月，由文藝春秋社發行單行本。全書以三章構成，第一章「海與毒藥」，第二章「受裁判的眾人」，第三章「到天亮為止」。同年（一九六〇）十二月同時獲第十二屆每日出版文化獎與第五屆新潮社文學獎。十個月之內再版七次，兩年後同時被收入新潮文庫和角川文庫。

〈海與毒藥〉是以第二次世界大戰時發生在九州大學附屬醫院，以美軍俘虜實施人體解剖的事件為素材寫成的。作者在這部小說中，主要是想探討日本人欠缺「罪與罰」的意識，不是「事件小說」，作者也無意藉小說譴責當事人。可是，後來遠藤還收到事件當事者寄來的指責信件，為此，他感到十分難過。

作者在〈出世作之際〉（一九六七年二月五日～十三日，《讀賣新聞》）中說：

那時候，《文學界》新總編輯上林氏剛上任不久，他是我獲芥川獎時《文藝春秋》的總編輯。有一天他打電話給我，說有事商量請我到出版社去一下。在文藝春秋地下室的俱樂部中，上林氏問我願不願意寫一部長篇小說看看……。

我心中早就有想寫的題目，素材方面也早已心中有數。我馬上搭火車前往九州、福岡蒐集資料，調查戰時發生在這所大學醫學部的美軍俘虜人體解剖事件。我腦中毫無想描寫那件事的念頭，我打算把那件事在內部加以改變、轉換到不同次元的世界。……靠著草場氏的幫忙，始得以取得當時的資料和訪問到事件的有關人士。回東京後開始執筆，花了大約半年的時間，分成三部，登在『文學界』。可是，已轉移到不同次元世界的這部小說，卻被當成是事實的描寫；後來還收到事件當事者的抗議書，和自稱認識小說中登場的醫生的信件。我感到非常難過，因為我毫無藉著小說審判那些人的意思呀！

至於為何取名為海與毒藥？這是遠藤到福岡取材，準備回東京的前一天，下著毛毛細雨，他跑到小說舞臺的九大醫學院的屋頂上，斜倚著扶手，「注視著雨中朦朧的街道和大海。這時，腦中浮上〈海與毒藥〉這個題目。」

毒藥，象徵罪，而海呢？遠藤心儀的法國作家莫里亞克（Francois Mauriac）作品中，海「象徵孤獨、永恆，同時也意味著恩寵」（〈作家與讀書〉）。〈海與毒藥〉中，遠藤也以象徵性手法描寫海，除了上田信聽到的陰鬱的海鳴，宛如自己不祥的命運之預兆外，皆與勝呂有關。第一章的「楔子」，說話者的「我」的前面「海，湛藍的海，彷彿要滲入我眼中」。此外，勝呂看到的海大多是黑色的，黝黑的；夢中看到自己在黑色的海中如碎片般被海浪衝擊。海，有時是湛藍如粼粼波光，有時是黝黑而陰鬱的；小說的結尾，勝呂在黑暗中「注視著波光粼粼的大海，似乎想從那兒尋找出什麼？」的時候，「每當綿羊般的雲朵走過時……」的詩句不禁衝口而出，事實上這部分詩句取自近代早夭詩人立原道造〈雲之祭日〉詩篇。「天空喲！你撒落的是，白的、純白的、棉花的行列！」中的「棉花的行列」暗示著「神的羔羊」；而「他嘴裡好乾燥」是象徵著對神的渴望、企盼。

2

第一章可分成兩大部分，第一部分是以搬到東京新興住宅區的「我」的視點，描寫到知道當地開業醫生勝呂的過去的經緯；第二部分是描寫戰爭末期勝呂和同事戶田到參加人體解剖的過程。其實，第一章的第一部分，遠藤曾單獨以短篇小說，題名為〈人面獅身的微笑〉投給「中央公論」，結果被封殺。

第一部分的梗概是：八月盛夏中，「我」搬到從新宿搭電車需要一小時車程的新住宅區來，在那兒認識了加油站和西服店的老闆以及勝呂醫師。加油站老闆在公共澡堂裡，頭上抹著肥皂邊得意洋洋地對「我」說以前在中國大陸的暴行和殺人的經驗，最後還告訴「我」服役時當憲兵的西服店老闆殺過更多的人。「我」到九州參加小姨子的婚禮，無意中知道勝呂醫師是F醫大人體解剖事件的關係者之一，因此詳細調查該事件。回到東京之後，「我」再訪勝呂醫院，告知去過九州。勝呂知道自己的過去為人所知時，自言自語地說：「那是沒辦法的事！在那種情況下真的是一點辦法也沒有，以後也一樣，我自己也沒有信心，將來如果還遭遇到同樣的情況，我或許還會那麼做……」回家途中，路過西服店，「我」注視著櫥窗中「白人男模特兒」的「謎樣的微笑」，想起「早上四條腿，中午兩條腿，晚上三條腿的動物是什麼……」的「人面獅身像的謎題」。

遠藤對這部分的解釋（見《現實與文學》一九六三年七月與窪田精對談）是：

我有意從日常時間寫起，我們讀戰爭小說時會注意到有這樣的人；可是，那跟我毫無關係，會有我的手仍然是乾淨的感覺。我很討厭這樣子，因此，我有必要寫普通人，連加油站老闆都殺過人，同時，無論如何非把日常看到的櫥窗模特兒轉變為人面獅身的影像不可。基於此，勝呂必須和大家站在同一條線上。

在這裡，遠藤混合了話者「我」的觀點與作家的觀點，目的是希望讀者腦海中能將現在與過去的影像重疊在一起。同時，體認到這「故事」就發生在你我身旁，而非少數特定且與自己無關的人物身上。日本名評論家佐伯彰一說這部分是「印象鮮明的楔子」；作者也認為在這部分「埋下很精采的伏筆」，而且肯定是〈海與毒藥〉中，以小說而言是「最好的部分之一」。

從第二章起小說的舞臺轉移到Ｆ大醫學院。主角勝呂和戶田服務的大學醫院裡，為了爭奪下一任醫學院院長的職位，教授之間展開了一場權力鬥爭的醜劇。戶田和勝呂所屬的第一外科主任橋本教授，為了要奪取院長寶座，對出部夫人——大杉醫學院院長的親戚——提前動手術，希望藉手術的成功能獲得大杉門下內科系醫生們的支持，結果卻把患者醫死了。另一方面，為了要討好當時最高權力者的軍部，於是答應對俘虜做人體解剖。小說中，作者所要描寫的重點並非動手術和人體解剖本身，而是透過手術和人體解剖烘托出日本人缺乏罪的意識。這裡所謂的罪，並不是法律上的罪，而是承認神的存在，從而產生的宗教上的罪。神與罪兩者互為表裡。

〈海與毒藥〉中，作者把勝呂塑造成：滿臉倦容，對一切事物均不感興趣，即使犯了罪也產生不了倫理上的苛責，常自言自語道：「不管什麼事怎麼樣都無所謂」的人物。以遠藤而言，這種人物的造形並非從〈海與毒藥〉開始，在〈我的小說〉（《朝日新聞》，一九六二年三月三十日）中，他說：

> 有一條大直線把從〈到雅典〉經〈黃色人種〉到〈海與毒藥〉連接起來。〈到雅典〉的主角在〈黃色人種〉中成為「我」，而〈黃色人種〉的我，在〈海與毒藥〉中，不用說就是主角的勝呂醫師和戶田醫師了。

勝呂參加人體解剖時的部分對話，很明顯地刻劃出勝呂的個性，例如：

「你啊！也真是阿呆一個。」

戶田小聲地說。

「哦！」

「想拒絕的話還有機會呀！」

「嗯！」

「不想拒絕嗎？」

「嗯！」

「到底有沒有神？」

「神？」

「是呀！說來荒誕；人，無論如何是逃脫不了命運——那推著自己的東西——的擺弄；而能讓自己從命運中獲得自由的就是神吧！」

「這我就不懂了！」勝呂把火已熄滅的香菸放到桌上回答著。

「對我來說，有沒有神都無所謂。」（一五三～一五四頁）

怎麼樣都無所謂。我答應參加解剖，或許是因為那藍白色的炭火在作祟；或許是由於戶田的香菸在作怪；隨便怎麼樣都無所謂，不再想它了。睡覺吧！多想也沒用，這世界光靠我一個人是起不了作用的！（一五〇頁）

「來一下！」戶田突然低聲催促他。「過來這邊幫忙！」

「我——不行呀！」勝呂低聲說：「我還是應該拒絕的。」

「阿呆！你在說什麼？」戶田回過頭來瞪著勝呂。「想拒絕的話，昨天晚上，還有今天早上，不是有的是時間嗎？現在，到了這地步，你已經走過了一半呀！」

「一半？我走過什麼的一半？」

「跟我們同樣的命運！」戶田冷靜地說。「現在——已經不能退出了！」（二〇七頁）

從以上的對話，充分表現出勝呂毫無自我意志的個性。遠藤筆下，常有「弱者」出現，對什麼事都不做決定，不表示意見；遠藤個人認為，這種不表示自己的意見，無行為表現者，其實是一種「嚴重的行為」，所以也是一種「罪」。這種觀點受莫里亞克對東方人「無自我主張」的批評之影響。

勝呂在應該有所行動時卻「什麼都不做」，更嚴重的是他「在那兒卻什麼都沒做」。「什麼都沒做」對勝呂而言，也是一種「責任」的迴避。勝呂的行為經常表現出這種責任的迴避，在這種藉口下，勝呂對自己的行為毫無「責備」之意，這也是勝呂無「罪」之意識的特徵。

3

小說中另一個主角戶田，形象與勝呂迥然不同。勝呂在任何情況下皆選擇不採取行動；可是，戶田卻處處表現出積極的自由意志。即以參加人體解剖而言，勝呂是出自無奈而參加的，戶田卻表現出積極參加的態勢。在戶田手記中，有著欺瞞、偷竊、與表姊通姦、對女傭始亂終棄等等的告白；可是對他做那些壞事時的心理反應，我們無法不為他欠缺犯罪意識而感到顫慄。

所謂良心的苛責……從孩提時代起對我來說，只不過是他人的眼光、社會的制裁罷了。當然，我也從不認為自己是好人；我相信無論是誰，只要剝掉外面的一層皮，就都和我一樣。或許這是偶然的結果，我幹過的事從沒受到懲罰，也從未受過社會的制裁。

戶田所擔心的只是他人的眼光，或社會的制裁，此外，毫無良心上的自責。他還說：「我對別的事似乎也無感覺。……坦白說我對他人的痛苦和死亡毫不在意。」以下是病房中戶田與患者家屬的一段對話：

「醫生啊！求求您幫他打一下麻醉針。」

肺部手術後，患者不停地呻吟，不忍聽下去的家屬即使哭喪著臉哀求我，我也只是冷冷地搖搖頭。「再打麻醉藥，反而危險呀！」事實上我心裡只覺得這樣的患者和任性的家屬好囉嗦！

病房裡要是有人死了，父母親或姊妹慟哭著。我雖然在他們面前表示同情，可是，當我一腳踏出病房時，剛才的那一幕就忘得一乾二淨了。

人體解剖完後，戶田看到淺井助教的臉上，絲毫找不到剛才殺過人的痕跡。那表情就跟平常吹著口哨在研究室出現的臉完全一樣，也和平常看檢查表時的表情沒有什麼不同，接下來他說：

「我的臉大概也一樣吧！」戶田痛苦地思考著。「沒有什麼變化嗎？為什麼我的心是這麼平靜？而且絲毫感受不到良心上的痛苦和犯了罪的苛責呢？我甚至感受不到奪取一條人命的恐怖。為什麼呢？為什麼我的心是如此無所感呢？」

戶田「確信」對他人的死、他人的痛苦無所感的並不只是自己，他周遭的人每一個都一樣，這種「自信」使他的罪惡感完全麻痺了。

4

〈海與毒藥〉中有兩個與勝呂二郎和戶田剛相比，很容易被忽略掉的卑微人物，即阿部蜜和佐野蜜。阿部蜜是大病房的患者之一，是「老太婆」的朋友，因而與勝呂認識，而佐野蜜是和戶田發生過關係的女僕。從整部小說的結構上來看，她們兩人不過是毫不惹眼的配角罷了；可是，作者所賦予她們的「任務」並非僅僅是微不足道的卑微人物而已！勝呂到大病房診療時，阿部蜜讀親鸞的「和讚」給老太婆聽。從她那兒勝呂知道了老太婆的身世，使得勝呂對不久之後死去的老太婆產生些許的憐憫之情。換句話說，是阿部蜜的言行促使勝呂對他人的命運和痛苦產生同情心。

當戶田決定參加人體解剖時，想起和佐野蜜的昔日往事。他想起：臉色蒼白靠在牆壁上，咬著牙強忍著痛楚的蜜的表情；想起把她打發回故鄉，當火車開動時，蜜把臉靠在窗戶上的痛苦表情；戶田因此認為「有一天自己會受罰吧！有一天自己會因過去的半輩子受到報應吧！」良心上感到痛苦，也有那麼一絲絲的犯罪意識的產生。雖然那只是一剎那之間的事，可是對毫無良心、無罪之意識的戶田剛而言，即已顯示出佐野蜜在他身上所留下的痕跡是多麼深呀！從這角度來看，作者的確在她們身上埋下很深的意圖。

這部作品之外，作者的其他作品中，以蜜為名的女性，大抵皆有共同的特性：弱者的女性，透過她們的生活，促使毫無良心、無罪之意識的人們，良心萌芽和罪之意識的覺醒。換句話說，作者企圖透過她們的生活，告訴讀者神的存在，從而產生罪的意識。以日文原文而言，阿部蜜、佐野蜜的蜜是「ミツ」，倒過來唸即為「ツミ」（「罪」之意），而「ミツ」

本身也可解釋為「光」（ミツ），即神的恩寵。因此，如前所述，神與罪的意識是互為表裡的關係。

與阿部蜜、佐野蜜相對的，上田信所扮演的是不相信自己，也不相信他人的角色。遠藤在〈海與毒藥〉中本來有意將上田信塑造成惡女的主角形象（見〈創作手記〉，昭和四十年《批評》春季號，後收錄於《石之聲》）終未成功，要等到〈醜聞〉的成瀨夫人出現，作者始得以塑造出完整的「惡女」主角形象。名為「信」其實「不信」，名為「ツミ」（罪）其實幾近於神，是遠藤的諷刺手法之一，也可見作者苦心經營之一斑。

5

前面說過本書的主題是——探討日本人罪的意識。儘管作品中出現的人物，他們的生活形態是那麼無奈、無力、無理想、無信仰，對所犯的過錯，既無良心上的痛責，也無犯罪之意識，宛如已經無可救藥；可是，作者並不讓他（她）們一直墜入罪惡的深淵，安排了「蜜」的角色促使他們覺醒，產生罪的意識，同時承認神的存在。而本書中，海的象徵之一——神的恩寵，也告訴我們神並未拋棄他們。

1 到雅典

明天，是我離開歐洲的日子，女孩送我到馬賽。

兩人住宿碼頭前的小旅館。夕暮。額頭緊貼房間的窗戶往下看，夕陽照射下的岸邊，無數像中國帆船的茶褐色小舟群集，水手們以我不懂的話叫嚷著。

「那是什麼？」

「賣生蠔和海草的小船哪！」女孩回答，手掌按住太陽穴向床鋪倒下。從窗戶照射進來的夕陽，無情照在女孩臉上。

「去吃生蠔吧！」我說；但女孩像化石，動也不動。

夜晚來臨。黎明，含鹽的白色冷風從開著的窗戶進來，吹醒了我。碼頭還靜悄悄的。黎明微光中，只有帆船的帆尾形成細細的灰色影子，微微震顫。我看女孩，眼睛睜得大大的，空虛地望著天花板。臉頰有淚光。「天亮了，女孩也要走了。」我心想。

船，十時半出發。九時整理行李，結帳，沒事可做了。我們默默無語，相對著。聽到隔壁房間客人打開的收音機的歌曲。

天亮了

你，就要走了

太陽照著街道

在門口，我握她的手。那隻手白皙，乾淨。我在這個國家，握的最後的手掌。

「往後，有什麼打算？」

「什麼打算？」女孩的臉扭曲，劇烈震顫。「什麼打算？要活下去呀！」

十時半，稍早到D碼頭一看，船已經横靠著。是三四千噸的老舊貨船。船身黑色油漆，處處剝落，像皮膚病，其他白色部分也生鏽，呈紅褐色。

繞到船尾，從寫著馬德烈努船名下的洞，不斷有像紅色的嘔吐物排入海中。

甲板上，頻頻使用鐵鍊堆積貨物。因汗水而發亮光的男人，邊工作邊叫喊著「安帕」或「阿列鐵」。我把自己的票給其中一人看，問四等船艙在哪裡？

「甲板下邊呀！」他說。「貨物取出後的船艙呀！」

登上甲板一看，已經堆在那裡的木箱子，佔滿了整個地方。每個木箱都用白漆寫著雅典。大概是試發動吧！微微的震動從腳下傳來。

寫著 4eme classe 的標示下，有鐵製梯子幾乎垂直下來。漆黑！那裡也跟剛才一樣，有木箱靠著船壁堆積著。

一個胖黑人女性，在那貨物箱下躺著，用右手腕遮著臉。

「四等，就是這裡吧？」我問；黑人女性沒回答。我儘可能遠離那像被日本的布袋包裹著的熱騰騰肉體，但還是跟她一樣把行李箱放在地板上，躺下來。

非常暗，不只是這樣，還有令人難耐的，熱。透過裝在一邊船壁的三個圓窗，天花板上波影搖晃不止。從那窗戶可以看到灰色倉庫。

取下船艙的鐵製天花板，兩個船員探出猴子般的臉。

「喂！你們、到前邊去。要卸貨了！」

「輕輕放下來，黑黑的阿桑生病呢！」另一個男人說。

「生病！既然生病，為什麼、搭船。咦～為什麼、搭船呢？」

「不知道哪！問問聖母吧！」

上貨非常慢，因此，船離開馬賽已是黃昏。夕暮，船員過來說，來拿吃的東西吧！到引擎室旁的煮飯處，拿了放在大桶子裡的白色液體，和兩三片乾麵包。我把它搬到船艙，放在躺在木箱下的黑女人面前。「吃嗎？」我問她；她臉靠著右手腕，只輕輕搖頭。她的身體很邊。

船開始移動時，我一個人到甲板。天空已經帶有藍色；但西方有金色邊緣的雲。大的光束從雲的裂縫灑向遠處黝黑的海。然而，夕靄中馬賽的街道浮現紅和藍色燈光。我最後看到的歐洲風景；而那個女孩，無疑地摻雜在這無數的燈裡、無數的生之中的某處。

隨著船向西南行，海逐漸帶暗黑色，波浪也喧囂著。我靠著木箱一直注視著上下或斜向圓窗玻璃的白色海面。海的顏色有時一直蒼白而冷。有時，變為綠色、亞麻色。波浪從旁邊過來時，船發出乾而單調的韻律咿呀著。

黑人女性一直躺著，似乎暈船而難過。暈船是沒人幫得了忙的，因此，我只幫她拿食物，沒說話。

上了船，我似乎喪失了思考力。斷斷續續，想起老舊的事、巴黎、巴黎後巷的一角、常在那兒休息的聖敘爾比斯（Saint Sulpice）公園的風景、夕暮地鐵中油漆的濕臭味等；但是我沒有挽留它們的能力。（已經離開歐洲了）我心想。於是，想起長久住院的那間病房、放在病房窗戶的錢葵、滿是灰塵的盆子。

跟女孩的認識，是在病情較輕、出院之後。已無心到大學念書了。之前的住宿處，對我的病有所顧忌，要我搬出去。聽朋友說，接近森地方有蘇俄人寡婦出租房間。我認識女孩就是住在這宿舍時。

女孩住在我的隔壁，父親是住在鄉下的退役軍人，巴黎沒有親戚或寄居處。她白天上大學，晚上當家教或當保母賺錢。房客只有我和她，所以有空時會來聊天。

「日本漂亮嗎？我有錢之後想到印度和日本旅行。」

把玩散置房間的日本製花瓶和人偶，她喜歡拿富士山和櫻花想像這個國家。喜愛洛帝（譯註：Pierre Loti, 1850-1923，法國小說家）的年紀，不會浮現侵略國家或軍國主義日本的念頭。就我而言，女孩躲到日本的幻影之上是安全且輕鬆的。卑怯的我，星期日帶她到吉美美術館，詳細解說韓國和中國的陶器、佛像，避免打破她的幻影。

原本，並非沒有打破這幻影的事件。大學的朋友到她房間來，窸窸窣窣的交談聲，有時也傳到躺在隔壁的我耳中。「可是日本人很凶殘呀！雜誌上看過在南京殺死了幾千中國人的報導呀！」

男學生碰觸到我最疼痛的傷口時，女孩拚命辯解的神情舉止，隔著牆壁的我，一清二楚。

「那法國做過什麼呢？在北非，我們沒殺過人嗎？我們沒有裁判 Chiva 的權力呀。人，大家平等的。」

「總之，東洋人讓人感覺不好呀！」男學生被女孩的氣勢壓倒了，聲音無力。「不知道那些傢伙，在想什麼？」

「無論什麼人種都是一樣的呀！」女學生焦躁地大叫。「即使黑人、黃種人、白人，大家都一樣呀！」

是的！無論什麼人種都一樣。女孩很快喜歡我，我不拒絕她的愛，也是因為存在著人種相同的幻影。愛情裡，絲毫不會考慮到女孩的肉體是白的，我的皮膚是黃的。然而，我和女孩的第一次接吻，是到馬畢倫（Mabillon）跳舞回來的夜晚街道，那時，我對倒向牆壁閉上眼睛的她，不由得這樣叫出來。

「可以嗎？我真的可以嗎？」

「不要說話！抱我！」

如果無論什麼人種都一樣，為什麼，那時，我會發出這麼淒慘的呻吟聲呢？如果愛情超越人種和國界的話，即使短瞬間，也應該有信心才是。那時，我最後本能地面對隱藏在這呻吟聲內側的某種真實。因為害怕；然而，非面對不可的日子，那之後不到兩個月來了。那是兩人從巴黎到里昂旅行的今年冬天。我們第一次肌膚與肌膚相親的夜晚。

馬克羅尼索斯島（Makronisos，譯註：現已成無人島）的影子已經消失在水平線的前方。長久之間追著船尾的海鳥也改變方向飛回去了。歐洲終於結束了，此後，是非洲和東洋境界的開始。我記得剛剛的希臘島嶼群峰上殘留的白雪。

那天也下雪。從巴黎出發時開始，雪就下了。從里昂佩拉什（Perrache）站前寒磣的旅館窗戶，我們眺望著灰色陰霾的天空、在空中似乎冷得發抖的教會尖塔、融入夕靄的蒼白街道的屋頂、屋頂。

「我，小學時住過里昂呀！」

女孩臉頰貼上冰冷的玻璃窗，閉著眼睛想起從前，嗤嗤地笑著。我們在站前小而陰暗的店裡買了麵包和乳酪，在那房間裡分著吃。然後，讓雪濕了腳，在後巷冷的電影院看費南代爾（Fernand Joseph Désiré Contandin, 1903-1971）的舊喜劇片後回來。

除了睡覺，沒別的事了。彼此雖然避免碰觸那件事；但這一夜一定會來臨，是從巴黎出發前兩人已經知道的。

房間有鋪著花朵圖樣床單的大床和附了鏡子的大型衣櫥（Armoire）。我坐在床鋪邊緣，看著映在鏡中自己疲累的臉。女孩在屏風後邊，傳出褪下內衣的聲音。真像沙子溢出的乾燥聲音。

「轉向前方，把燈關掉哪！」女孩洩漏出嘶啞的小小嘆息聲。「討厭哪！不要看。」然而，她沒有關燈，雙手伸向沒有移開眼光的我，帶著似乎難受的表情靠過來。

屏息，兩人相擁，久久。沒有像那時覺得金髮那麼美。連一個斑點都沒有的白色裸體，金髮從肩窩往下滑。女孩在門那裡，我拉上窗簾，轉向窗戶方向。燈開著的，兩人的裸體完全映照在大型衣櫥的鏡子裡。

最初，我，不認為鏡中映像真的是我的身體。以日本人而言，生過病的我有著勻稱的裸體。身高也跟西洋人差不多，胸部、四肢都有肉，不以為恥。從肉體的型態來說，我抱白人的女性姿勢應該不會不協調。

然而，映在鏡中的自己，換成另一個人。在房間燈光照射下發出白色光輝的女人肩膀和乳房旁邊，我的肉體毫無生氣，帶暗黃色，死氣沉沉。從胸部到腹部，還不那麼明顯；但是，從脖子附近開始，這黃濁的顏色越富含灰暗光澤。而女孩的和我的身體糾纏的兩種顏色，無絲毫的美與協調。反而是醜陋的。讓我聯想到附著在潔白花瓣上的土黃色蠐螬。那種顏色本身會讓人想起膽汁或他人的分泌物。想用手遮掩臉和身體。卑怯的我那時，關掉房間的燈，黑暗中想讓自己的肉體消失……。

出發之後，黑人女性一直仰臥著。右手放在臉上一動也不動，有如死了。行動敏捷的蟑螂群，在船艙壁上跑，在她像棍子的雙腳和腳趾上穿梭。我每次幫她拿來的食物幾乎都沒碰，乾巴巴地留在碗底。

今天，我去拿食物時，告訴船員她生病了。

「我不知道呀！」他回答。「總之，似乎不關我的事呀！」

躺在船艙時，我注視著眼前這熱熱的、黑褐色的肉體。那肉體是一個物體。我真的認為那肌膚顏色是醜陋的。黑色是醜陋的，而黃濁色更可憐。我和這黑人女性永遠屬於那醜陋的人種。我為什麼只以白人的肌膚當美的標準呢？那經緯，不知道。不知道為什麼直至今日為止雕刻或繪畫裡畫的人，美的基本，一切都從希臘人的白色肉體產生，一直繼續維持下來？然而，可以確定的是再怎麼惋惜，我和黑人在白皮膚人的面前，於肉體這一點，忘不了可憐的劣等感。

下雪夜的翌日，晴天。女孩帶我到街上。陽光照射在厚厚的積雪上，感到目眩。開朗的笑聲，久違的藍空下欣喜的叫聲，在街上四處洋溢。年輕男女在路上玩弄滑雪道具，服務生拍落咖啡桌上的雪。

在雪的亮光中，我眼中彷彿看得到，知道從昨夜起女孩突然把心給了我。邊走邊高興地把金髮的頭靠過來，像綠色鸚鵡的眼睛瞄我的眼睛，像是確認愛情似地在互握著的手掌裡不時豎起尖銳的指甲。有如白種女人的愛情表現，今天的我為何無法呼應呢？心底有著什麼黑塊，那黑塊讓現在的我無法坦然接受女孩的愛撫。覺得那是囉嗦討厭的。愛慾是兩者的自尊心保持平衡呢？或者一方是主人，另一方非奴隸不可呢？了解我的肌膚比女孩的更醜陋的今天早上，到昨日為止無意識地，不！或許是因為無知而支撐我與女孩之間的平衡，昨夜之後陷入崩塌。無法拂拭我立於弱者的立場的心情。

「手不要放開呀！握住我的手，討厭嗎？」

「不是討厭！」我轉過臉，回答女孩不安的表情。「有人看著不是嗎？」

「被看到，很好不是嗎？看呀！大家不都是這樣嗎？」

（我們不一樣）剛一開口，我就不說了。怎麼樣才能向這個女人說明呢？白人女性片刻都要追求愛情的證明。如所有白人追求證明，為了愛白人女性，需要不斷發誓或表現努力。

「我想休息。」我小聲說。「累了呀！」

「是不是發燒了呢？」女的有點不相信。

「運氣好呀！那邊就有我幼時朋友的家呀！去那裡吧！」

她說，喝了熱咖啡和彈珠汽水一定會有精神的。怎樣都無所謂。前面香菸店的櫥窗映著，跟昨夜大型衣櫥鏡中的我一樣的臉。那是沒有輪廓、韻味、也沒有光與影對比的臉。那的確是黃色人的、真正黃色人的臉無疑。從今天開始——如果，我繼續愛這個女的話——我非一直背負著這曖昧的、帶有微弱光澤的臉活下去不可。

晴朗的天空又有陰影了。我走在女孩的後邊，朋友的公寓就在那裡。

儘管是白天，從門裡邊傳來爵士音樂、雜亂的腳步聲。似乎開著派對。按下門鈴，一瞬間聲音停止，有人大聲叫喊。留著修整整齊鬍子的青年，叼著長長捲菸菸斗出現了。

「瑪姬？不是瑪姬嗎？」誇張地舉起雙手抱住她的頭。「這是什麼早晨呢？妳到里昂來了。」

「德德？我昨夜就來了呀！」女孩高興之餘，突然大叫。「昨天傍晚抵達的。」「昨夜？一個人？」

被稱為德德的男子，突然，出現訝異的表情來回看在門背後浮現禮貌性微笑的我和她。

「這位？」

「我……」第一次察覺到失言的她，口吃，臉紅了。

「這是，我的未婚夫。」

「未婚夫?!」我看到男子臉上出現困惑、尷尬的表情。他瞇著眼睛把我當一個物體似地打量；接著帶著諷刺、輕蔑的微笑浮現他的嘴角。

「這樣子啊。能認識您，很高興。」他發出阿諛的聲音伸出手來。那是會讓我身體顫抖的像羊皮般柔軟、溫暖的手掌。

「既然是她的未婚夫就是我的朋友。請進！跳一曲。也有酒哪！」

德德細小的眼中，發出想把這跟白人訂婚的黃種人陳列給室內朋友的慾望。女孩向我使個眼神；我們現在更不能退縮。

沙龍裡跟這男子一樣的髮型，拿著菸的男子們喝酒或跟女孩跳舞。他們對跟在他後面進來的我們，同樣疑惑地看著。

「Cher ami（親愛的朋友），」德德甜膩、慵懶的聲音叫著。「我幼時玩伴來了。」

大家拍手。拍手之後，接著是帶著漠視與沒興趣的沉默持續著。

「這位，」德德像博物館的解說人員，歪唇，浮現淺笑地說。「是她的未婚夫……」他轉向我。「先生，對不起，我忘了請教您的名子。」

人家的視線明顯地有特別之處。他們沉默中的談話或私語，我清楚了解。

（說什麼黃種人跟白人訂婚）（沒那樣的事）那些無言的聲音、無言的責難如遞眼神，從那個女的傳給這個男的。

不知誰又放了唱片。想紓緩大家無趣的心情。是探戈。

「跳舞吧！」女孩嘶啞像是痛苦的聲音對我說。

「跳舞吧！不跳不行！」

不跳不行！我從那聲音中感受到女受害者受難的悲壯姿態。「抱我！只要有愛就夠了不是嗎？」兩人曾在黑暗的街角接吻時，她對我這麼說。然而，只有愛是不夠的。只有愛，女孩不會變成黃種人，我也不會成為白種人。只有愛或道理或主義，無法消除肌膚顏色的不同。

我擁抱著女孩，在臉頰、背部、脖子刺痛般感受到大家的視線。每個人不是互拉袖子就是使眼色。

（黃種人抱白種女孩呢）（看！那個男的洋洋得意不是嗎？）白種人在不傷害其自尊心的部分，允許我進入他們的世界。我穿他們的洋服、喝葡萄酒、愛白人的女性時，他們都允許。然而，反之白種女人愛我，他們不允許。因為白人的肌膚是白色的，漂亮的。黃種人的肌膚是黃色，醜陋的。白種女人喜歡這毫無生氣的黃濁顏色的所有者，這是無法忍受的。愚蠢的我到這日為止沒看穿也沒想過這樣的事。

難過的、漫長的三分鐘。三分鐘唱片結束時，我已無心繼續跳下去。女人為了對抗周圍的視線與排斥，故意靠在我的手腕說話。那故意的動作更傷害了我。（走開！）我在心中呻吟。（離開我，遠遠地，更遠地）

一隻手拿著杯子，沒打領帶像學生的青年來到我身旁。

「先生，我想您的國家是中國……」

「不！是日本。有野蠻的切腹習慣。」

青年霎時口吃。突然，我察覺自己有股衝動，想傷害對我寄予憐憫與同情的這個男子。他討好似地把手放在我的肩上。「我絕對不是人種區別主義者。我在大學有許多印度、中國和非洲來的朋友。」

（可是你不會和印度、中國的女性訂婚。絕對做不到。）心中黑漆漆的東西起泡，發出陰險的聲音在胸中冒泡。

「其實，你們跟我們沒有不同呀。」青年安慰似的語氣，有耐心地說。「臉，樣子並沒有那麼大的不同。」

「是嗎？認為日本人的臉怎麼看都是野蠻的。」我諷刺地說。

「我絕不認為日本是野蠻的國家呀！尤其，戰後美國將文明……」

「謝謝！日本人是野蠻的。」我心中燃起熊熊的自虐欲望與破壞的衝動，無法遏止。

「因為突然攻擊珍珠灣，因為也發動自殺飛機。在南京做了什麼？你不可能不知道吧！」

青年的臉因困惑而歪曲。他不知所措，聲音細弱。

「可是，可是有勇氣不是嗎？那些行為。」

「勇敢嗎？」我出聲想笑。想大聲笑。為什麼不說真心話？披著同情與憐憫的頭巾，說些敷衍的社交辭令？我清楚浮現大街的醫院中憎恨日本人、罵我的小職員的臉孔。那裡存在著真實的人際關係。然而，從這個青年的優越感產生的慈悲、慈善，我無法忍受。為何不制裁？不鞭打？不丟石頭趕走？針對敵意我以憎恨反擊；然而，憐憫和同情，除生氣無他。

就是那時！在我的後面發出幾乎聽不到的，像是痛苦的嘆息。女孩眼中含淚，站在我背後。

「我只愛著你，」女孩呻吟。「還不夠嗎？痛苦的不是只有你，我也是。」

那聲音挖起我最深的肉片。我知道我是過於利己主義的、卑劣的、應該遭到唾棄的男子。我深深了解，在女孩的拚命的愛之前，在那難過的眼神前，自己不坦率，是卑怯的。儘管如此，只有理解，只有愛，二人無法一致的殘酷的傷卻讓我說出：

「不夠，不夠的。妳可以愛我，因為妳是白人。可是我黃皮膚的痛苦，不會讓妳感到痛苦不是嗎？不會不是嗎？」

夕暮，白人船醫終於帶來了中年修女，而不是護士。為了診治黑人女性。戴著無框眼鏡的修女拉起黑色衣襬一步一步走下船艙的階梯，不舒服似地環視附近。

「什麼時候開始這樣躺著？」

襯衫衣領鬆鬆掛著領帶的船醫似乎喝了一點酒，腳步搖晃。他的臉頰因汗水和海風而黏黏的。

「我在問你耶！」

「是問我啊？」我回答。

「是呀！沒有其他人了不是嗎？」

醫生一接觸到病人身體，病人抽筋似地開始叫起來。

「讓我這樣躺著，我想這樣子。」

「想這樣子，那不行呀！」船醫有點覺得煩，動作熟練地把黑人女性的身體翻過來，修女拿出體溫計放入病人口中。

「不可以吐出來！不要動，在量體溫。」

「不要動我，我想這樣子，也希望繼續這樣子躺著。」

病人害怕體溫計。像磨人的小孩，她叫出聲，背彎曲如弓，嘔吐，吐不出東西。醫師按了按黑如樽的腹部，突然，舉起手。毫不留情以手掌多次拍打黑人臉部的鈍重聲音。

「Ma sœur（我的姊妹）。」船醫對因驚愕而臉色蒼白的修女一笑，說。

「您也要到吉布地，要記住我的處置喲！對黑人絕對不要客氣。他們比老鼠更多壞點子，比牛還頑固呀！跟他們口頭說道理是沒有用的。絕不會把恩惠當恩惠接受。看吧！摩洛哥和突尼西亞，也是這樣子。我們蓋學校送他們，蓋醫院送他們。是他們拒絕的。根本無從著手。」

黑人女人像癲癇發作之後，嘴角冒泡泡。不過，酒醉的船醫說的是事實。像受到處罰的家畜，她雙手遮臉，變乖了。只是，從兩手之間流出像抽搭的哭泣聲。

「今夜要是發燒就要送進隔離病房。」船醫像是寬慰自己良心似地對修女說。「船員們不喜歡黑人送進病房呀，這是麻煩事哪！」

修女默然。噁心似地注視著四處亂竄的蟑螂和地板上病人發黃的餐盤。

「是什麼病呢？」我問把聽診器收入皮包的船醫。

「黃疸吧！惡性的。你和病人是什麼關係？」

「我不是家人。不過，要是傳染病，我也麻煩呀！沒有照顧她的人。」

「嗯！」他眉頭緊蹙。「飯前，這藥倒一湯匙給她喝，沒有其他的治療法了。黃疸不會傳染的。」

兩人離去後，船艙又變得空蕩蕩。我盤腿坐在病人枕邊，聽到蟑螂在陰暗處跑來跑去發出小小的、沙沙的乾燥聲。船是加速了嗎？船體開始些微的搖晃。

我手中拿著藥瓶，那是黃色的藥粉。寫著 trois fois par jour（一天三次）。

「明天就睡在隔離室。」我自言自語。「兩個人去了耶。」

「這樣子就好。黑人都是這樣處置就好。」

強烈的夕陽照射在船的圓窗。茶褐色的海水開始在玻璃窗外上下盪著。黑人這樣子就好了。對了，那是前年，還沒認識女孩，身體還健康時。我曾從黑人娼婦那裡聽到同樣的話。

「要不要去好玩的地方？」美國留學生吉米說。那是考試結束的那天，阿列克山德爾和摩利斯都贊成。如同往常，蒙帕納斯花神咖啡館（Café de Flore）的後巷妓女像蛾一樣附著。

「來呀！少年郎。來玩仿大使遊戲吧！」她們叫喊著。

傑米向胖得像豬、橙黃色牙齒的女人靠近。她是人口販子。

「讓我們看看什麼有趣的呀！不就是一般的嗎？」

爭吵的結果，女人口販子從同伴之中推著毛捲得厲害、瘦小的黑女人出來。

「不爽！」摩利斯吐口水說。「我要回去。」

「傻瓜！」傑米安撫著。「又不是跟這些女人睡覺。只是表演給我們看。」

「所以我不喜歡。我最討厭那樣的事。」

依摩利斯的說法，睡覺，還像人的行為；但表演是更可恥的非人行為。

即使如此，我們還是隨著女人口販子和黑人女性走，他的臉也跟著蒼白起來。「神經纖細的馬克思主義者。」傑米說。「那樣子能革命嗎？」

在郞香街黑暗的、充滿尿和油臭味的閣樓，我們像賭博似地坐著呈圓形，看紅髮全裸白人女人，把這黑人女人像石頭一樣翻滾，拖曳。女人口販子不知哪裡去了。令人作嘔的殘忍行為。摩利斯以手遮臉，不敢看。在陰暗灰色的房間裡只有傑米像白癡不時笑出來。那笑聲，包含難過、無趣。

表演結束，紅髮女人拿了長袍，嗤嗤笑著走出房間。

「這太過分了。太過分了。」摩利斯對傑米說。「老美對這樣的表演還能笑著看下去！私刑的國家另當別論，可是法國人……」

「沒有說不能私刑呀！」傑米回答。「現在那個紅髮的，不是法國女孩嗎？」

房間完全被灰色影子包圍。那黑人娼婦躲入床鋪與牆壁之間如獸巢的一角，緩緩穿上襤褸的衣服。我現在想起那件事，不知為何，這小的生物感覺像是灰色的蝙蝠。我們那時的對話她應該聽得到，然而她的眼睛，她的表情，像是一直傾聽遙遠的、好遙遠的聲響。不知是因為無感，或是疲勞。不過，那樣的臉，我曾經在哪兒看過。對了！那是聯合軍隊進入納粹的集中營時，不知幾年在飢餓與被拷問和死亡的恐怖下生活著、疲累躺在地面的波蘭俘虜們的表情。

紅髮女人回來索取費用。從傑米、摩利斯、亞歷山大、我，按一個人頭收取一千法郎，在床鋪邊緣腳交叉，數了多次。然後從中抽出一張給黑人女性。

「妳！」摩利斯出聲說。「三、一，不會太過分嗎？」

「為什麼？」紅髮女人從袋子拿出烤玉米一顆一顆丟進口中。

「為什麼，妳可以拿三張？」

「不知道！問那個孩子吧！」

她用褐色美甲剝落的腳趾戳戳無力氣蹲著的同伴背部。

「哪！奇氣，這個囉嗦的傢伙，在問為什麼我拿三張呀！」

「是黑人呀！」

那聲音過於細小、疲累；但是，那裡，也包含某種無可撼動的信念的聲音。那是沒有感動，沒有希望的一個女人的信念。

「我是黑人呀……」

「妳真的很聰明！」紅髮女人發出空洞的聲音笑。

對那些女人而言，皮膚黑並不只是黑而已。這個黑種的病女人，那個賣淫的娼婦，本能知道是怎麼一回事。黑人知道在白人面前，自己無論是何境遇，在怎樣的世界，都是非受罰不可的存在。白人做的事，無論什麼都是善的，都是神聖的。因此，知道自己是悲苦的、非死心不可的人種。為什麼？因為我的皮膚是黑色，黑是罪人的顏色。（然而，黃色也有與黑色意義相同的時候嗎？）

從里昂回到巴黎之後，每次進閨房時，女人不知道我的恥辱（或者看穿了，卻裝作不知也說不定）。至少，我取得男人的位置。因為女人對於悅樂尚未覺醒。

女人對於性的喜悅像薔薇潮濕般而來。那一夜，她開始激烈喘息、掙扎；突然，眼睛充血，趴在我身上勒我的脖子。

「你是我的奴隸呀！」女人呻吟。「當我的奴隸……」

那時我感受到的快感——跟日本女人從未體會過的。不是單純的被虐待的快樂。或許，其背後隱藏著在白人面前想侮辱黃種人的自己的自虐感、那種愉悅。

心裡想著那些事，拿著藥瓶的我的手，不知為何開始激烈顫抖。湯匙碰到瓶子邊緣，發出咖噹咖噹的異樣聲音。

「喝藥吧！」我粗魯地對病人喊道。

「不要理我。黑人就是這樣子。」

我舉起手，打病人的臉。像那船醫一樣，為什麼打她？為什麼憎恨這個女的？我不知道。只是我的手不聽我理性的聲音。邊打，我感到眼睛的飢渴。

入夜，兩個低階船員拿著擔架到船艙來。強迫病人躺到擔架上，他們離開了。因為要搬到隔離室。

清晨，船進入蘇伊士運河。半夜，在賽德港（Port Said）似乎僅停泊短暫時間；我並不知道。船停泊並非為了上貨，而是要讓引水人搭乘。為什麼呢？因為從今早在甲板的尖端有兩個像乞丐的埃及人船夫，找到空罐頭，不知在吃什麼。船在賽德港和其他的船結成船隊，有秩序地前進。不這樣，狹窄的運河會混亂。

酷暑相當難耐。而且沒有風景。在這五小時之間（我寫日記是午後三時，從船艙的窗戶，更嚴酷的非洲午後的太陽照射進來），映入眼中的只有包圍著運河的黃褐色沙漠。

清晨，醒過來時的風景，不是這麼荒涼。開著像百日紅紅花的樹木，在運河岸成列，看得到奶油色的英國兵帳篷和鐵絲網。然後，那些東西斷斷續續的，突然，開始出現了茶褐色的沙漠。沙漠像海。像海草的灌木在海岸附近，稀疏生長；被熱風吹倒，被沙塵覆蓋變白色。然而，從灌木結束之處，到遙遠的地平線，淨是黃濁的砂海。

沒有人走著。不！只有一次，我看到一匹駱駝，沒有主人，也沒有馱貨物，往地平線緩緩而行。由於沙漠廣闊，駱駝不久變小，直到最後化為一點，都看得到。那風景令人揪心，為什麼？我不知道。

三年前，奮勇渡歐洲而來時，接著通過運河時，無疑地，這駱駝與沙漠象徵的風景映入眼中。然而，那時的我絕未為它而感動。那時，我在甲板喝苦艾酒，邊抽菸，邊聽同行的義大利記者說英國與埃及與運河的利害關係。那時，我對自己是黃種人沒想那麼多。護照上寫的是我是日本人。那個日本人是和白人有著相同理性與概念的人。我像馬克思主義者思考過階級的對立和民族的對立；但無意思考顏色的對立。階級的對立可以消除吧；但顏色的對立永遠無法拂拭。我永遠是黃色，那個女孩永遠是白色。

沒有歷史，沒有時間，沒有動作，完全拒絕人的行為，在無感的砂中，一匹駱駝朝著地平線走過去的風景，不知為什麼誘發我無限的鄉愁。我不知道理由，可是這鄉愁是黃皮膚的男人的鄉愁。

夕暮，拿著桶子到隔壁的廚房去拿晚飯時，船員遞給我兩個有點腐爛的梨時說，

「老太婆或許死了！」

「是說黑種女人嗎？」

「是呀！那個黑女人呀！」

「惡化得厲害嗎？」

「我不知道呀！不過，剛才，醫生那傢伙是這麼說的。總之，我不清楚。」

我拿著裝了梨、麵包和湯的桶子回到甲板。強烈的夕陽照射下的沙漠上，被漂白的藍空浮現多數帶紅色的雲朵。我望著雲朵，撕麵包，放入口中。邊吃邊想那黑人女性是否死了？奇怪的是，她的死我一點也不哀傷。感覺像是從在這船艙認識她之前，我就理解、知道她在這個傍晚會死。她的死，像預感死期的老野獸自己離開同伴，身體沉入沼澤。那麼自然。

吃完麵包時，彤雲已完全從藍空消失。但是，只有金色的一線一直不散；我從船艙的窗戶再次眺望時，它也消失了。

早上十時，船長、事務長、船醫、修女四人，將黑人女性海葬。說若到雅典屍體會腐爛，這是藉口；在乾燥空氣中，那不過是個理由。事實是，為了省去屍體運到雅典的檢疫、驗屍等的手續。

紅海，今朝一片寂靜。說是無感更貼切。海跟沙漠一樣顏色，混濁。黑人的女性被葬在這無感動無表情的海。

時間已晚，船長等人來時是十一時左右。在他們後邊，修女打開祈禱書，兩個我們不認識的水手搬運灰褐色的布袋跟隨而來。布袋細長，有些地方有補丁。那根本不是人的形狀。布袋一放在甲板上，人們圍住它。船長戴眼鏡，是矮個子男人。他跟旁邊站著看來有點狡猾的胖事務長，穿著金蕾絲邊的制服；但是船醫和水手穿著襯衫、褲子。大家以有點嚴肅但又有點困惑的表情注視著腳下。這之間，修女嘶啞而低沉的聲音讀彌撒篇章。

那應該是多麼恐懼的事呀
最後、嚴厲的裁判之手
主、基督再次顯現

我靠在甲板的欄杆上眺望著無風亦無浪的海面。這夾在非洲與阿拉伯的細長紅海，多麼像我皮膚的顏色啊！無光、無影，帶著鈍重的衰弱的黃濁色。那裡沒有歷史、時間，也沒有善惡、沒有神。這海永遠不動吧！只是靜止嗎？非洲的太陽，從東邊壓住這海。海鳥也害怕熱氣，不在那裡飛迴。

死者從墓裡站起來時
偉大的死和偉大的自然
被喚醒

修女的讀經，那些白人的祈禱，我在歐洲不斷聽到的人的痛哭與祈禱，在我耳中只是聽到乾燥無意義的聲音。現在的我知道，死掉的黑人女性，跟那些白色的世界已經沒有關係了，成為死後沒有裁判沒有喜悅沒有痛苦的這廣闊沙漠與海的一點。

2 影子

我不知道這封信會不會寄出去。到今天為止我曾三次寫信給您。不過，有寫一半停止、或寫完放在抽屜裡，結果都沒寄出去。

然而，每次邊寫邊想，這其實不是寫給您的信，事實上是寫給自己的信不是嗎？是為了消除自己的不安，讓自己能夠釋懷不是嗎？結果，信沒有寄出去也是因為覺得寫的東西沒有意義，或者心底總覺得不滿意的緣故吧！只是，現在有點不一樣，現在還不能說完全！不過，我的內心對您引發的那事件，覺得終於逐漸可以釋懷了。

可是，從何說起才好呢？從少年時代被姨媽和媽媽帶著去見剛來日本的您的回憶說起好呢？或者從母親逝世那天，您為趕回來的我打開門、搖搖頭說「不行了！」的時候談起好呢？

其實，昨天我見了您。當然，我在那裡，您被我看到了，您都不知道。您坐在桌前，在一盤食物送來之前，從舊的黑色皮包（那個皮包我有印象）拿出書本閱讀。那個神情，讓我想起從前您還是司祭時，飯前拿出聖務日禱的書，翻閱的樣子。這是澀谷的小餐廳，下著細雨，走在陰暗的玻璃窗前人行道上的行人，樣子看來有如水族館的魚。我在那裡看體育新聞，單手用湯匙舀咖哩飯送入口中。因為我喜歡的大洋選手列入交換名單的消息，有大篇幅的報導。下邊刊登朋友的連載小說。

我突然抬頭一看，角落裡穿著黑色衣服的外國人背對這邊正準備就坐。我感到驚訝，因為那是大約六年不見的您。我們兩人的座位距離約二十公尺，中間有四、五個職員圍著同一張桌子吃漢堡牛排。「前齒輪不靈光，傷腦筋！」「不！不是那緣故呀！」他們那樣的聲音傳到耳中。其中一人往上凸的前額有十圓硬幣大小的褐色痣。

您給送水來的年輕服務生親切的笑容，指著菜單的一處，服務生點頭離開之後，您從放在膝上的黑色舊皮包拿出英語書籍開始看了起來。不知道是否就是英文，總之，是橫寫文字的書籍。心想（您好老！）（老好多了！）說這樣的話對曾是傳教士的您或許失禮，年輕時候您是美男子。第一次在神戶的醫院見您的時候，由於年少看到您像雕刻似的輪廓很深的臉，葡萄顏色清澄的眼睛，還記得自己當時深深覺得您真是一表人才啊。那張臉，如今被衰老侵蝕，栗色頭髮變薄（本來我的頭髮也不多），還有眼窩宛如挾著一片賽璐珞變得紅腫。我從那張臉，想嗅出發生那事件之後的您的孤獨。還有想確認在這異鄉之中，有了妻小非賺錢不可的您的辛勞、沒有朋友也失去援助者的您的辛酸。

我站起來，走到您身旁，想跟您說：嘿！好久不見了，但我說不出口，坐在椅子上，像徵信社的調查員用報紙遮著臉觀察您。確實是受到好奇心驅使，於小說家的興趣而言也有幫助。不過，不只是這樣。心中有著某種牽扯的大力量，不讓我到您那兒。現在我把那像牽扯的力量寫在這封信裡。總之，我偷偷觀察您。不久，女服務生送一盤料理到您那兒。您跟剛才一樣回以笑容點點頭，然後用手帕代替餐巾掛在胸前。我還一直觀察著。您把椅子往後拉端正姿勢，手舉到胸前，以大家都看不到的極快速度劃十字。我那時受到無可言喻的感動。（這樣子啊？）是那麼地感動。（果然還是那樣啊！）

阻止我到您的桌子的力量——要說明它很困難。換句話說，因為那是形成我人生重要的河流之一。到今天為止，我伸手到那河流，身為小說家的我寫了各種小說。拾起沉澱在自己河床的東西，洗滌其塵埃，重新組合。其中還有未拾起的重要東西。您沒見過的我的父親、您這輩子多方照顧的我的母親，這些都還沒寫入小說。還有您自己，我也沒觸及到。不！這是謊言。我當小說家之後三次將您變形讓人瞧不出地寫入小說。您自從那事件之後，對我而言，長時間如字面所示是重要的作品中人物。雖然是作品中重要的人物，但是寫您的小說幾乎都失敗。理由我知道。那是因為我還沒有完全掌握您。不過，儘管接連失敗，您對我心靈世界的牽扯絕未停止。如果能拂拭將會多麼輕鬆啊！可是，對我而言，母親或您如何拂拭得了呢？

有時回頭看這條河時，我被迫洗禮的那阪神的小教會，無論如何總會浮上心頭。現在也還存在的那小小的、小小的天主教教會。仿哥德式的尖塔與金色的十字架與有夾竹桃的庭院。那是，如您也知道的，我的母親由於強烈的性格和父親分開，帶著我從滿洲大連回國，依靠她姊姊住在阪神的時候。她姊姊是熱心的信徒，母親孤獨的心在姊姊的鼓勵下開始以信仰療傷。而我也必然地被姨母和母親帶到那座教會。法國司祭一人負責那座教會，不久戰況劇烈，這位庇里牛斯出生的司祭，有一天被闖進來的兩名憲兵帶走，說是有間諜的嫌疑。

那是很後面的事，在中國戰爭開始了；時代對日本的天主教教會而言並不那麼艱難。到了聖誕節，深夜，哈里路亞的鐘聲可以高高響起，復活節那一天用鮮花裝飾門窗，附近的頑童以羨慕的眼光遠望像外國少女般罩著白色面紗的女孩，我們得意洋洋。那個復活節，法國司祭對十個排成一列的小孩一個一個地問「你相信基督嗎？」每一個人馬上像鸚鵡似地回答「相信！」我也是其中的一個。模仿其他小孩的語調也大聲回答：「是的，我相信。」

暑假，教會裡的神學院學生常為小孩表演紙偶戲，也帶我們到六甲山遠足。那位神學院學生回家後，我們常在庭院玩躲避球。球打到玻璃窗，法國司祭滿面通紅從窗戶探出頭來大吼。和父親分開的母親，表情陰暗和姨母不知商量什麼，對我而言絕對談不上是幸福的日子；即使如此，跟在大連時相比較，雙親爭吵時，不必一個人受苦，也算是生活上軌道的時候了。

那個教會正好有一個老外國人來，選擇非信徒聚會的時間悄悄進入司祭館，我邊打棒球看他一眼，認得他。我問姨媽和媽媽「那是誰？」，不知怎的她們移開視線沒回答。不過，同伴告訴我這個拖曳著腳步走路的男子，「那傢伙，是被趕出去的！」他身為神父卻和日本女性結婚，被趕出教會，信徒們絕不說出口，甚至有如只要說出他的名字，連自己的信仰都會被玷污一樣地緊閉嘴巴。只有那個庇里牛斯出生的法國神父會偷偷跟他見面。而我自己，對那樣的老人，我以像是恐怖、卻混雜了好奇與快感的心情偷偷看他。幼年時期在大連長大的我，在那殖民地的城市看過幾個被祖國驅逐出去的白俄羅斯老人，其中一人，到日本人街賣俄羅斯麵包的老人的臉和這個男子重疊。他們都穿著與其說舊了不如說是破了的外套，脖子上圍了手織的大圍巾，搖曳似地移動患關節炎的腳，連有時用髒了的大手帕擤鼻子的動作都一模一樣。然而，如今想來，他們身上具有的那種孤獨的陰影裡，有著如同以往支撐自己的精神，現在卻被驅逐出去了。

那是暑假的傍晚。我走在路上，心想大概不方便打棒球。夕陽強烈照射在教會門前，我差一點撞到這個老人。因為我完全沒想到他會從那裡出來。我嚇了一跳停下腳步，身體像石頭般僵硬，老人對我說了些話。說什麼？我不懂。只覺得不舒服，心裡充滿恐怖。我搖搖頭急忙準備跑向登上聖堂的石階，這時，大大的手放在我的肩上。「不要擔心！」「不必害怕！」老人用簡單的日語說，大概是這樣的意思。他的衣服好臭，我拚命逃走。不過光從那時注視我的對方悲傷似的、葡萄色的眼睛就知道。回到家告訴母親這件事；母親沒說什麼。過了兩三天，當然，我也把那件事給忘了。

不可思議的是，那件事發生後一個月，您在我的人生中露出蹤影。那個偶然，如今對我而言宛如對自己的人生之河具有重大意義的東西。一年前我撰寫某長篇小說，有時，我思考這個偶然。在那小說之中，我讓疲憊不堪、磨損且凹陷的「踏繪」的基督的臉，與西洋宗教畫裡充滿靜謐、聖潔與熱情的基督的臉，在主角內心形成對比。那時，以意象浮上心頭的是，那時候您的臉與那被趕出去的老人的臉。

那年秋天，我因盲腸炎住進灘（譯註：地名，位於兵庫縣神戶市灘區）的聖愛醫院，手術後拆完線，在病房裡吃姨媽和媽媽帶來的粥時，您突然進來。她們嚇了一跳站起來。不是因為神父進來而吃驚。在那之前，我們看過的司祭，無論是那教會的司祭，或其他的神父，多是消瘦帶著深度近視眼鏡的人。特別是日本人神父，從外表看不出是日本人還是日裔。那時，打開門出現的您完全不一樣。您魁梧的身材，穿著純白羅馬領、整理得潔淨的黑色衣服，營養良好的臉上浮現紳士的微笑，讓我們三個日本人驚羨不已。您很客氣地向姨母和母親打招呼，俯視拿著筷子和飯碗、身體僵硬如石的我。您的日語相當流利。我額頭上出汗很認真地回答。「是的，現在很快。」「不，不會寂寞。」等到您走出去之後，我大叫：「好帥呀！」母親也深深嘆口氣。「好可惜呀！那樣的人不結婚當什麼神父。」姨母對母親的失言開始發飆。

不過，母親似乎對您特別感興趣。一到病房一定會問我您來了嗎？

「好囉唆！我不知道。」

我總覺得不愉快，故意粗魯應對。不過，由於女人的好奇心，母親打聽到：您曾經是西班牙軍官學校出身的軍人，後來另有計畫辭去軍職，選擇了當司祭的道路，到日本之後，曾經在加古川的修道院待過一年。

「那個人跟一般的神父不一樣喲！出生在學者之家，有那麼出色的兒子的母親，應該很幸福吧！」

母親鼓勵我似地這麼說；在我這般小孩的心中感覺那不是說給兒子聽的話。

出院之後，母親也常帶我來這家醫院。她對一般神父的話不滿意，雖然受過洗，但個性固執的她，從突然出現自己眼前的您身上，看見能滿足某種渴望的東西吧！小心謹慎希望走在安全的人生柏油路上的父親，忍受不了母親這樣的生活方式。在姊姊的鼓勵下，為了排遣一時的孤獨才接觸的天主教，現在對母親而言開始成為真正的東西。她在阪神的幾所學校教授音樂之餘，貪婪似地一本接一本開始閱讀您借給她的書籍。從那時候開始，她的生活有了大的改變。有如修女似的嚴格的祈禱生活，要求她自己也要求我。每天早上，帶我參加彌撒，一有空就穿念珠。她甚至開始有想把我養育成像您一樣的司祭的念頭。

在這裡我不想寫您跟母親精神上的交流。然而，兩年後，您以我姨媽和母親的指導司祭的身分，每個星期六到我家。姨媽的朋友和教會的信徒們也聚集過來。現在我才說實話，對我來說，您來的那一天我很痛苦。母親對待我比平常更嚴格，要我洗手，去理髮，嚴厲命令「神父要來，要端莊一點。」──不！更痛苦的是夾雜在大人之間，即使聽您的話我又能懂什麼呢？或許是緊張的緣故，還是體質容易疲勞的關係（您也知道我從小身體就衰弱），我在母親旁邊光是和睡魔格鬥就應付不了。管他什麼舊約聖經、新約聖經、摩西。自己掐膝蓋、想其他的事，光是和覺得無聊逐漸變重的眼皮格鬥就費盡我全副精神。母親以可怕的眼神瞪我。我害怕那眼神，好不容易才度過一個小時沒有打瞌睡。

夏天的早上還好，要是冬天的早上，母親絕不允許我偷懶不去教會。五點半，闇黑還籠罩大半天空，每戶人家都在熟睡時，我默默跟在邊走邊祈禱的她後面，哈氣暖和手，走在霜凍的路，上教堂。常見的法國人司祭在祭壇陰暗的燈旁，或雙手合掌，或彎曲身體一個人唱彌撒，他的影子映在牆壁上，跪在冷澈聖堂裡的只有兩個老太婆和我們母子。我裝作祈禱的樣子打瞌睡時，母親就表情嚴肅瞪我。

「那樣子，你以為能像神父嗎？」

神父，指的是您。您對她而言，是我未來的理想形象，是非那樣不可的模範。必然地，我對您反感，對您整潔的服裝、保養得非常好的臉和手指都覺得討厭。討厭您信心十足的微笑、學識、信仰。您還記得嗎？從那時候開始我的成績逐漸退步。那時我是中學二年級，有意識地開始想成為怠惰、吊兒郎當的少年。為什麼呢？因為怠惰、吊兒郎當的人正好是跟您相反的人，那是對母親的反抗——想把兒子教育成像您一樣，對自己的信仰、生活方式有很深的信念與自信的男子，我故意儘可能不讀書，想成為劣等生。當然，在母親面前我即使坐在書桌前也什麼都不做。

那時候，我養了一隻狗，是向附近的鰻魚店要來的雜種狗。由於沒有兄弟、雙親又分居，沒有真正可以分擔悲傷的朋友的我，非常疼愛這隻行動遲鈍的狗，即使現在我的小說裡也常有狗或小鳥登場，那並不是裝飾而已。那時候，對我而言，感覺只有這隻雜種狗能夠了解無法對人訴說的少年的孤獨。即使今天，一看到狗濕潤悲傷似的眼睛，不知怎的就會想起基督的眼睛。當然，那個基督不是像從前的您那樣對自己的生活方式有自信的基督。是儘管被人們踐踏還從腳下凝視著人的、疲憊不堪的「踏繪」的基督。

母親一如繼往對我成績不好而發怒。她似乎跟您商量過。您以稍微嚴厲的表情對我忠告：你要好好念書不要讓媽媽擔心。我在心裡嘀咕：老外說什麼話呢！只因為您忠告的這個理由，我下定決心要更怠惰。有一天您告訴姨母和母親，西洋的家庭也會給小孩小小的懲罰，不用功的少年就必須給予應有的處罰。命令母親，對三個學期成績不佳的我，處罰我要我捨棄狗。

我那時候的痛苦即使現在也清楚記得，我當然不聽她的吩咐。從學校回來一看，我的愛犬已經不見蹤影。母親拜託附近的小鬼，把狗帶到哪裡去了？我想這件事您一定不記得吧！對您而言狗只是會轉移我讀書注意力的障礙而已，出自捨棄狗是為我是好的念頭，現在我當然不怨恨那檔事，不過，在這裡我舉出那麼細微回憶的一個原因是，那件事看來多麼像您的行為。軟弱、怠惰、不正經，這樣的東西，無論自己或是他人都是您最討厭的。或許因為您的家庭就是那樣子。或是您接受軍人教育造成的也說不定。您雖然不會從嘴裡說出「人不能不強壯、不能不努力。無論生活或信仰都非鍛鍊自己不可。」現實生活中卻自我實踐。誰都知道您多麼忙於傳教的工作，毫不怠忽自己的神學研究。毫無可批評的餘地。誰都（母親也一樣）尊敬您是了不起的人。只有我在孩提心中對無批評餘地的您開始感到痛苦。

對我而言不幸的是，那時候，您從事新的工作。為天主教的學生所蓋的宿舍在御影的高地完成，曾是聖愛醫院專任神父的您當了這宿舍的指導司祭。「我實在不是很適合這個工作，」在如往常聚集而來上聖經課的眾人之前，您露出困擾似的臉。「不過，上頭的命令非接受不可。」因此，您對這件工作似乎有了興趣。母親在回家路上突然對我說，想不想住進那間宿舍看看。母親認為我只要多少能在您身旁生活，下降的成績就會提升，信仰方面也一樣。我說了好幾次不要，但是如您所知，母親嚴厲的性格不容我說不。那一年我帶著不太好的成績通知單回家，終於被放入您才當舍監半年的那間宿舍。

規定嚴格的宿舍！或許您當「模範」的是西洋神學院的宿舍，或是軍官學校的宿舍，不是嗎？我不是找藉口，我那時候努力過。可是，一切事與願違，您覺得對我好的，其實不然。即使我不是惡意做的事，您卻看成是我的弱點。為了母親您想重新鍛鍊我，重新改造我。沒有察覺到那把槌子不久就會把我擊倒。

發生的種種事一件一件地寫沒完沒了。這件事您還記得嗎：宿舍生（大半是專科學校以上的學生，還是中學生的只有我和一個N的男子）早上六點起床參加彌撒之後，到早餐為止以您為中心跑後邊山路是日課之一，我實在忍受不了。在軍隊受過訓練的您或大學生的其他住宿生，那樣的訓練沒什麼。可是從小支氣管就不好的我，很快就呼吸困難，眼前發黑。跑步之後，額頭冒汗毫無食慾，有時還會有輕微的腦貧血。我巧妙地躲閃那樣的跑步。但不久就被您逮到。您說同樣是中學生的N做得到，我不可能做不到。然而，身體強壯的您無法了解那樣的訓練對身體衰弱者是多麼吃力。您的說辭是「為了讓身體強壯，大家都在跑步。你不努力！」在您眼中，我是討厭團體訓練的任性少年。

我們各自到學校，從學校回來，晚飯後有您的談話。我有時打瞌睡。之後在小教堂晚禱時也打瞌睡。由於體質虛弱，白天，中學的課業和軍事訓練已經相當疲累，還要聽艱深的神學談話，懂了什麼？

有那樣的夜晚，大家都聽您的神學課，如往常我開始打瞌睡。儘管坐在最邊邊，可能發出輕微的鼾聲吧，您察覺到我打瞌睡，突然停止上課。旁邊的N輕輕戳我的側腹部，我嚇了一跳張開眼睛。很丟臉的是口水從嘴角流下把上衣都弄濕了。大家才剛剛笑出聲，看到您嚴肅的表情驟然靜默下來。突然，您舉起一隻手，用日語大聲喊：

「滾出去！」

您第一次脹紅著臉怒吼。平日對姨母、母親和其他信徒露出紳士微笑的您，氣得臉都歪了，我也是第一次看到。後來您向母親說明，不是因為我打瞌睡而生氣，是因為對什麼事都以身體衰弱為藉口，不遵守住宿規定而生氣。確實如此，我承認自己是無法遵守宿舍規定的學生，也承認您說的努力不足。不過，我肉體上經不起您理想的生活也是事實。現在我不是為那時的自己辯解。只是您的善意或意志，對強者即使有效果，對弱者有時過於苛刻，我想說的是無法帶來收穫，反而是無謂的傷害。

結果，不到十個月，我搬出您的宿舍回到母親家裡。即便如此，母親不愧是母親，拚命為吊兒郎當的兒子尋找有什麼長處或優點；您從那時候開始似乎對我感到失望和輕蔑。當然您對我的態度與從前並無不同，但是跟我說話的次數逐漸減少。這樣子，母親對我懷抱的夢——成為像您一樣的司祭的夢，完全破碎了。

重看一遍前面寫的，擔心您是否會誤會。我絕不會忘記您對我們母子的隆情厚誼。不僅如此，母親因為有您才能從離婚後的困境獲救，加入到死為止都是心靈支柱的天主教。對於到母親過世之前常找藉口幫助我的您，我一直心懷感謝之意。

不過，我想說的是別件事。人，如果有強者與弱者，那時候的您真的是強人。而我是意志力薄弱的懦弱者。您對自己的生活方式、自己的信仰、自己的肉體一切都是充滿自信，以堅定的信念在日本傳教。相對地，我是到目前為止對自己一切從沒有過有信心或信念的男子。這麼說，相信現在的您可以全部了解吧！不過，如果是以前的您，鐵定會搖搖頭吧！大概會搖搖頭，大聲說，人，一輩子要朝向更高遠的地方努力。可是，即使那麼堅強，也會隱藏著料想不到、比如圈套或薄冰的危險——真正的宗教從那裡開始，這是您十五年之後不得不了解的，不是嗎？

母親逝世，是在那樣的我中學畢業、任何上級學校都進不了的浪人第二年時。一間接一間考試，落榜的我，就連母親也氣累了深深嘆氣，回想起那時母親的臉，現在也還覺得心痛。她從那時候開始，有時會說覺得暈眩。有一天您帶母親到醫院，診斷出血壓相當高；然而，她依然無法停止工作，過著每天早上的彌撒無法或缺的嚴厲生活。

母親逝世的時刻，我和朋友們去看電影。那時候，騙她說去補習班，一天的大半時間和朋友在三宮的咖啡廳和電影院裡度過。十二月底，我走出電影院時天已經完全黑了，準備打電話向母親撒謊有模擬考試。接電話的意外是您。母親在路上倒下，您接到通知趕過來，那時我才知道大家已分頭去找我。「你在哪裡呢？」在您的詢問聲中我急忙掛斷電話。回家搭的阪急電車感到多麼緩慢呀！從車站到家我沒跑過那麼快。按了門鈴，打開玄關門的是您。「已經死了！」您說了這麼一句。母親眉宇之間留有微微的苦悶痕跡躺在床上。姨丈和教會的人聚集到身邊，感到他們以譴責的眼神看著我，我注視著母親呈蠟色的死亡表情。奇怪的是意識清明，那時並未覺得難過或悲傷。只是茫然。您也默然。只有其他人哭泣著。

葬禮結束，弔唁的人群離去，變得空虛的家裡只剩下姨母、您和我三人。必須決定今後我存身之處。您比我更茫然。有如失去了曾經擁有過的東西，茫茫然。因此，姨母問我怎麼辦？我回答我不想增添別人的麻煩。姨母那時說出和母親離異的父親。您終於抬起茫然的臉說出一切按照我的意思。於是，您決定把情形告訴我父親。

母親家的處分委託您和姨母，我回到東京父親家中。從那一天開始與沒有親情的父親夫婦生活。

和父親生活，我似乎可以了解母親為何和父親分手。「平凡是最幸福的，沒有波瀾是最幸福的」，父親常把這句話掛在嘴邊。儘管公司閒暇之餘，種盆栽，整理庭院的草坪，聽收音機的棒球轉播的生活，並且每天都要我將來選擇安全的薪水階級之道。跟母親兩人過的嚴厲的日常完全不同。在那裡，冬天的早晨，被母親叫起的我踩著霜凍的道路上教堂。在只有兩個老太婆跪著的陰暗聖堂裡，法國人司祭與十字架相對，基督因那十字架而流血。然而，在這裡從不會談到人生或宗教。在那裡母親想灌輸我這地上聖是最崇高、最美好的。可是，在這裡光是說出那樣的字眼就不被理睬，被當傻瓜的氛圍。物質上遠為優裕的生活之中，我每天都感到自己背叛了母親。好痛苦！現在沒有一天不想起令人懷念的、跟母親的生活。對這樣的我，能夠稍微補償良心痛苦的就是寫信給您。怎麼說呢？因為到死為止，母親最尊敬的是您。因為藉著寫信給您，我覺得違背母親的意志可以暫時獲得補償。

您有時回我短信。父親看到寫著您名字的信封就露出討厭的表情。可能是對兒子腦中還有母親的回憶，留在母親的話語，跟母親的熟人親近感到不舒服吧！「不要跟無聊的阿們和尚來往！」他轉過頭不高興地嘀咕著。第二年，我總算考進某私立大學時，您告訴我自己這一次要到東京的神學校赴任。

已是深夜。老婆和小孩早已就寢的家中，只有我因為寫這封信，想起自己過去的點點滴滴。然而，重讀寫好的部分，發現寫不出來的事何其多！談您，談母親，現在更能體會竟然是這麼困難。為了能完整書寫，必須等到不會有人因此而受傷，不，更重要的是必須談到目前為止的自己的全部。您和母親在我的人生，竟然紮根這麼深，脫離不了。終於在我自己的小說，可以談您與母親留給我的痕跡與其本質的東西。

不過，為了繼續這素描，必須回到原本的話題。您到東京來，我馬上去見您。您沒有變，臉色也不像其他神父或神學生那樣氣色不佳。皮鞋常擦得光亮，罩著魁梧身軀的黑色衣服燙得筆直，而且，向來充滿自信的說話方式也沒改變。我好不容易退出浪人生活的行列，您為我高興。「還相信基督嗎？彌撒有沒有缺席？」我沒回答，您露出不高興的臉。「不應該沒有時間。或者是因為像從前那樣身體衰弱的緣故呢？」您的表情浮現我被趕出宿舍時那樣的失望與輕蔑。

這也引起我跟少年時代一樣的反感。您因神學院新工作而忙碌也是理由，逐漸地兩人會面的機會減少。然而，您並沒有從我心中消失。與父親生活之中，我對母親的愛戀越來越深，對母親的怨恨也轉變為懷念，連她激烈的性格也被美化了。至少因為母親的緣故，在我靈魂深處注入要往更高世界提升的念頭；而您至少是佔了母親的大部分。我進入大學的文學部，可能也是因為看到母親的生活方式吧！了解母親和您的生活方式，與父親那樣眾多人的生活方式是不同的世界。自己的生活距離你們越遠、離得越開，我就越常想到你們的生活方式，對自己感到可恥。

不久，戰爭使得我和您離得更遠。有一天，您突然來信告訴我不得不離開東京住到輕井澤。您和其他外國神父接到命令疏散到輕井澤。說是疏散，顯然是過著在日本憲兵與警察監視下的一種收容所生活。

那時候，我學校沒課，在川崎的工廠、空襲的威脅下製作零式艦上戰鬥機的零件。連買張到輕井澤的火車票都有困難。然而，冬天的某日，手裡拿著好不容易到手的車票，我往信州的小鎮出發。還記得下了車站冷得臉頰有如被刀割。和平時候無疑非常熱鬧的這個避暑小鎮，完全蕭條，變得陰暗、寂靜。車站前的憲兵事務所，兩個眼光銳利的男子，在火爐上烤火。光禿禿的落葉松樹林裡，避難人士煮雜菜粥，寂寞的白煙裊裊上升。到村公所打聽，村長帶我到你們居住的大木造洋館，終於在結凍的庭院和您見面了，當村長距離稍遠時，您背向著我問：「彌撒沒有缺席吧！相信基督吧！」您在這裡穿著很舊但還是用刷子刷過的衣服。不過，您的手因凍傷而腫脹，您走進建築物裡，沒多久拿了用報紙包著的東西來。

「帶回去吧！」您說得很快，把那包報紙放在我手上。村長看到了覺得可疑，靠過來。「那是什麼？」您憤憤地回答：「是我配給的乳酪。我的東西給人有什麼不可以的。」

戰爭結束。您從輕井澤回到東京，臨應召前我被免除兵役，從勤勞動員的工廠回到倒塌的大學。對日本的天主教界而言，新的時代開始了。戰時，被警察懷疑有間諜嫌疑的外國人司祭，遭到強制疏散的你們，現在可以大大方方地開始傳教，日本人就像為了尋找活下去的力量，其他人需要食糧或物品，有如為了接觸外國人而到教會。那時候，我常看到您開著吉普車到神學校，那時您非常忙碌。因為把過去小小的神學校改建成大神學校的工作是您的任務。我去拜訪您，在當時很稀少的鋁製半圓錐形事務所裡，祕書拚命地處理接連打進來的電話。「神父不在呀！」祕書常冷淡地回答。「哎呀，我也不知道什麼時候可以見到神父！」

這樣的事無關緊要。之所以會寫這樣無聊的事，其實因為涉及到這封信的中心部分，我不免猶豫。現在，來到不得不談那件事的階段，從剛才我感到筆變得遲鈍。會不會嚴重傷害到您呢？這樣的恐怖，壓抑了想寫的東西。還請原諒！

然而，怎寫才好呢？究竟為什麼發生這樣的事？我到現在為止都完全不了解。在您心中逐漸萌發的事，我不知道要怎解釋才好？毛姆的小說有叫作《雨》的作品，那裡有逐漸打破禁忌，開始愛一個女人的神職人員出現。毛姆利用綿長、單調的雨想從外部說明。就技法而言很高明，可是，現在的我想到您的時候，我無法那樣欺騙。發生那件事之後，誰都會說：「那樣的事、不會有那麼糊塗的事吧！」我也不相信，可是，這是事實。而那事件結束之後，即使經過長久歲月的今天，我也不知道該如何追尋您的心理變化。

那是我大學畢業沒多久，還住在父親家裡，當作打工翻譯機械雜誌，想辦法賺錢。雖然想以文學立身，卻毫無成為小說家的信心。那時候為了閃躲父親接連提出的婚事，和長得不怎樣的女孩走得親近。後來成為老婆的這個女孩，我提出的條件裡有一個。「我雖然不是虔誠的天主教信徒，如果妳願意和我結婚，不能對那宗教毫無興趣。」出於對母親的愛戀，我想繼續維持信仰。我即使有時沒參加彌撒，沒上教堂，但是絲毫沒有放棄母親相信，而您因此而活的東西。為了讓女孩學習天主教之理，我去向您拜託。

您臉上出現少許驚訝的表情。是因為像我這樣的男子訂婚而驚訝？或者是像我這樣人格不佳的男子還命令人學習天主教而感到意外呢？我不知道。當然，您接受了；那時，我就察覺到怪怪的。您留了一點鬍子，還有皮鞋沒擦。如果是其他司祭，幾乎不會在意這種程度的邋遢，可是，就您而言是無法想像的。在長久的戰爭期間，即使在輕井澤的收容所，您強烈的意志也表現在服裝上面。用刷子刷落泥沙的鞋子，在宿舍也嚴厲命令我們同樣的事。我由於自己的邋遢，對這樣的您既憎恨又畏懼。您送我和女孩到門口。一個女人在門口和您的祕書說話。身穿和服，臉色不佳的女人。從日本人眼中看來，絕對稱不上是美女。

我一個人搭乘擠得像沙丁魚的火車到和母親度過的阪神，母親的回憶在我心中越來越盤根錯節，想去母親墓前悄悄報告這樁瞞著父親的、和女孩的婚約。連曾經是我家的附近，也在空襲時全被燒燬，姨母、家人繼續住在疏散的香川縣，探訪的熟人也大半都消失了蹤影。不過，只有與母親一起在天還微暗的冬天清晨到教會默默走著的道路，和那所教會仍是原來的樣子。日本人神父代替法國人司祭，跟那時候一樣在還沒有人來的聖堂一個人唱彌撒，燭光下他的影子映照到牆壁上。我站在和母親同住的家前面（那個房子已變成第三國人的持有物），母親葬禮結束那一天，想起變得空幻的您的臉。那時，您的臉上也有著失去某種東西的感覺，我思索這是怎麼一回事。之後，我尋找依您的命令被丟棄的狗，繞了一圈松樹林，那隻狗濕潤悲傷的眼睛突然掠過心中。戰後廢墟上，捲起黃色旋風，疲憊不堪的男子用鐵鍬挖著地面。

從那時開始，有關您的亂七八糟的謠言傳入我耳中。實在是不堪入耳的壞話。謠傳您身為神職人員，卻和一位日本女性有著超過界限的交往。我聽到那謠言時，想起曾經在門口看過的那個臉色不佳的日本女性。不過，我討厭日本人信徒只憑外表判斷人，只以形式評價他人，還常自以為是。我認為那個軼聞是「無稽之談」，一笑置之。為什麼呢？因為我知道您是怎樣的人，知道您的意志是多麼堅強。至少母親尊敬的您即使稍有差錯，也應該不會做出那樣的事。

謠言從四處傳入耳中。背後說：看到您用吉普車載那個女性啦！和那個女性在店裡買東西啦！混雜著卑賤的好奇心。「為什麼不可以一起搭吉普車呢？」我咬住說謠言的男子攻擊。「有事和女人一起搭車也不行嗎？」那個男的吃驚似地看我，臉紅了。「你知道那個女的離過婚？」男的對那女性的背景，不知從哪裡也聽說了。「而且啊，是有小孩的女人！」「我的母親也是離了婚的女人，是有小孩的離婚女性。而對那個女性灌輸信仰，教導她更高遠的神聖世界的就是他！」這樣的話已經衝到喉嚨，不過我沒說出口。因為，有討厭、非常討厭的東西同時湧上喉頭。那麼，那時候母親是否也受到來自信徒那樣的中傷或謠言呢？與您之間好像有什麼謠言？我瞪著那個男的臉大吼：「不管誰說什麼，我相信他，相信他！」

相信。的確，我相信您。為什麼？因為您也對我說「相信我吧！」那時您的話、您的聲音到今天為止都忘不了。您還記得嗎？我受不了那樣的謠言，到您的事務所告訴您時的事？

您似乎依然忙碌，現在您沒有留鬍子，不過，從哪裡，服裝上，可以感受到放棄的味道。我指不出是哪裡放棄？褲子也燙得筆直，從窗戶照射進來的黃昏餘暉像污漬照射著。儘管如此，從前的您絕對感受不到有什麼不正經的事。我面對著您說，有許多無聊的傳言流傳著。您向上翻眼珠看著我，您真的聽進我說的話嗎？或者沒有。我話說完，您沉默了一會兒。我看著照射在您褲子上的夕陽餘暉，沒多久，您強有力地說「請相信我！」

您強有力地這麼說。就像從前您對我說「相信基督！相信神和祂的教會！」的時候那樣，那時的聲音包含著如巨石般的確信與自信。我聽來是如此。請相信！孩提時代受洗的復活節，我和其他小孩一樣大聲喊著「我相信！」有什麼不能相信的嗎？母親一輩子完全相信的您，為什麼要懷疑呢？接受告解的神蹟之後的安心感。類似那時的安心感難得在心中擴散，我不由得苦笑。「再見！」我從椅子上站起來，您點點頭。

我跟女孩的結婚有著種種曲折，不過，總算說服父親。只是父親提出條件，儀式典禮不可以在阿們的教會舉行。我與母親的心理上關係，父親想徹底切斷吧！我接受這種無理的要求，準備和女孩商量舉行兩個結婚典禮。一個是父親和他的朋友參加的，在飯店的典禮，以及只有女孩和我兩個人在教會的結婚典禮。為什麼呢？成為我妻子的她，那時已經下決心要受洗，當然，在只有兩人的婚禮為我們主持彌撒的，非您不可。

在飯店舉行的、所謂一般社會的典禮前一天，為了不讓父親等人覺得奇怪，我穿著普通西裝和穿著同樣顏色套裝的女孩悄悄拜訪您的神學校。沒有人出席的我們兩人的結婚典禮上，我覺得母親從遙遠處祝福我們。「好歹我讓我的新娘成了信徒呀！」我面對母親感到驕傲。女孩來到神學校前面，把偷偷買的純白手帕放入我胸前口袋，自己把嘉德麗雅蘭別在套裝，好可愛。我要她「妳去跟神父說我們來了！」

我在禮拜室前等著。晴朗的日子！硬鋁的魚板形建築物排列著。硬鋁在陽光下閃閃發光。我想到母親，她要是看到我的妻子，會怎麼說呢？不由得浮上笑意。那個要成為我妻子的女孩，從前方緩步而來，身體有點搖晃。這傢伙，太興奮了吧！我苦笑把叼著的香菸丟掉。

「怎麼了？去通知了嗎？」女孩緊繃著臉默默地。「身體不舒服嗎？」「不是！」「那就不要裝出一副奇怪的臉呀！」（她依然扭曲著臉不哼聲。）然後用鞋尖摩擦地面，突然冒出「我們回去吧！」

「為什麼？」

我說「為什麼？」

「不要到這時候還說出反常的話呀！」

「我，」她的臉扭曲自言自語。「看到了呀！」她說「看到了！」為了告訴您我們到了，推開事務室門的時候，您的身體剛離開我們在門口遇見的那個臉色不佳的女性。您的臉正下方是那個女的臉。女孩什麼也沒說，門也沒關上就回來了。

「妳說什麼？」我怒火湧上心頭。「怎麼可能有這樣的事？」打了女孩一巴掌。「連妳都胡亂猜疑！」女孩手指掩著被打的臉頰。「請相信我！」您的話緩緩甦醒過來。典禮。女孩含淚的眼睛紅紅的。您以為那是她喜悅的眼淚嗎？不可能！您不可能做那樣的事。那個疑惑有如浮上泥沼水面的污穢泡沫，湧上心頭，我注視著為我們婚禮望彌撒的您和祭壇，勉強壓抑下來。您說「相信基督」之後，您應該不會再唱基督的彌撒。我那時還想相信您。

結婚之後，我常常對還記得那天早上的事、表情扭曲的妻發火。「妳還懷疑我母親信賴的人嗎？」妻搖搖頭。可是，如果那是事實的話，妻生平唯一的純潔婚禮是由手指髒了的司祭主持的。這實在太殘酷了！於是為了遠離那疑惑，我避免和您會面。三個月後，您離開神學校的決定性消息傳入我耳中。

為什麼變成這樣？我茫然。總之，和您見面，要您告訴我一切。不管別人怎麼說，還想相信您的欲望混雜著被背叛的心情，充塞胸口。可是，神學校說不知道您的去向。對這種毫不負責的回答，我感到憤慨但也沒有辦法。結果，費了不少功夫才知道您寄身於同一國人的西班牙貿易商家裡。

信寄出去了。沒有回信，只有表示是您朋友的西班牙人傳話說，現在不要管他。我可以了解您現在不願意見我，因為是我，更不願意——的心情。現在，我可以想像在多麼羞恥與屈辱中的、您的孤單。我最後放棄尋找您。

然而，我受到的衝擊並未平復。究竟，這是怎麼一回事？這樣的糊塗事是從什麼時候開始的，完全不知道。只有一件，有一次，是第一次帶妻到您事務所時，您下顎留了像塵埃的棕色鬍子，從記憶深處甦醒過來，或許，那時候，您已經開始腐爛了嗎？或許眼睛看不見的東西已經開始逐漸腐蝕您的生活、您的信仰。我這麼覺得。當然，這不過是我憑空想像吧！

可是，為什麼您連對如此相信您的我，都要說謊呢？對我的忠言，您能夠以那麼有信心的聲音說「請相信我！」憤怒與可恥湧上心頭，有時憤怒導致可怕的想像——您是否長久以來欺騙了我和母親呢？每一次我都搖頭把那念頭趕出去。

妻已經不談您。「教會什麼的，我不去了。不能相信呀！」對這麼嘀咕的她，我無法做任何有信心的反駁。「妳，只因為一個傳教士就批評整個天主教嗎？」即使這麼回答，我最能了解的事，這樣的回答也不能填補自己的心。而且，不只是我，許多神職人員和信徒們對這次的突發事件，不知如何說明，只有私下悄悄談論，感到困惑。結果，不查問真相，將它埋入沉默之灰，換句話說，採取把鬼東西蓋起來的態度。

然而，我很困擾。對我而言，像他人那樣讓歲月抹消謠言，等待一切消失在忘卻之中的方法是不行的。對我而言，忘記您就是忘記母親，拒絕您，就是否定到今天為止的自己的大河流。我不像多數改變信仰者那樣依自己的意志選擇信仰。長久以來，我的信仰在某種意義上與對母親的愛連結，也和對您的畏敬連結。那部分有如從根柢被背叛。事到如今，如何能像他人那樣忘記您，把問題模糊呢？

因此，我也拜託許多司祭「到他那裡去！」以我而言，我想把它當成您（到現在我還不了解）有著比以往更強大的信仰——例如因為更大的愛的行為，而捨棄神學校跑到一個女人那裡。而且，想向我證明現在也有著比以往更強烈的信仰。然而，那像小孩的幻想很快就瓦解了。大半的司祭拒絕我的請求，原先讓我感到憤慨，他們常說：基督絕不到幸福的人、充實的人那裡去。雖然如此，變成這樣的事態，誰也不向您伸出援手。然而，我的想法有點膚淺。為什麼？有一個司祭跟您聯絡，結果得到的答覆只有一句話「不想見面！」那位司祭對私。

我說「現在讓他靜一靜比較好。你不了解他的脾氣吧！」時，我終於察覺到自己的粗心與自

就這樣，我與您長久的接觸結束了。回想起在那聖愛醫院第一次您進入我的病房以來，三十年以上的歲月流逝。讓人昏昏欲睡的您的話。拋棄狗的回憶。跟您在山路奔跑時的痛苦。住宿舍時發生的事。母親的逝世。還有在輕井澤把自己的乳酪給了我的您因霜凍腫脹的手。這些一件一件在我的人生之河中，成為重要的素材，沉澱了。一個人在另一個人的人生留下的痕跡。沒有察覺到我們在他人的人生留下怎樣的痕跡，不知怎樣的方向而給予。宛如風使種在砂濱的松樹變形，改變樹枝的方向，您與母親，比起其他人，更讓我這個人往這方向扭曲。而現在，您往哪裡消逝了。

聽說後來您在英語會話學校執教鞭，過著教授西班牙語的生活。不知誰告訴我，您跟那個日本女性有了小孩。比起以前，這些在我內心的衝擊較小，一時之間讓信徒感到那麼大困惑的事件，也逐漸被淡忘。

在那婚禮上發生的事，後來從未出現在與妻的話題中。不是不能成為話題，而是彼此都避免接觸。雖然如此，晚餐之後，從餐廳回到自己的書齋，緊緊關上門，坐在書桌前，或者深夜，從書本抬起頭時，您的聲音突然浮現。「請相信我！」而我因為還相信您，想辦法成

為自己的東西。讓您（當然，加以變形了）在三篇小說中登場，想探討的一個理由也是出自這種心情。我嘗試著探索您的心理，說不定有如您曾引導我母親朝向更高遠的世界，想提升那個臉色不佳的女性而被扯後腿。起初是以司祭的感情或憐憫之情，逐漸混雜了男人的感情，但您沒有察覺到。您太有自信了。不知道巨木也可能突然折斷。說不定對自己過於自信，反而突然被扯後腿。而一旦後腿被扯住，像您那樣的男人往斜坡滑落的速度也較快。這模式的想法我重複了多次，但失敗了。因為您失落的真相終究不解。還有，即使那樣的假設成立，也治癒不了我的心。

然而，隔了幾年，有一天，我終於見到您。星期六黃昏，在百貨公司的屋頂。我當時住在駒場，所以有時候帶小孩到那屋頂上的遊樂場玩。是那樣的一天，我上小學一年級的兒子，專心搭乘繞圓圈的旋轉咖啡杯，玩投滙銅板會發出人聲音的機器人。飛機在粉紅色的天空隨著音樂繞，不知繞了多少圈。其他父母親也跟我一樣，坐在那裡的椅子或這裡的板凳，邊看著小孩邊休息，我也夾雜其中，買了一瓶可樂，邊看報紙慢慢喝。我無意間抬起頭時，看到您的背影。

為了避免危險，屋頂邊緣安裝了高的鐵絲網。鐵絲網前面並列幾座投入十圓硬幣，可以遠望街道一會兒的望遠鏡，那裡也聚集了由父母親帶著的小孩。您站在望遠鏡與鐵絲網之間，一個人面對著逐漸暗下來的街道。市街上方鉛色的大雲層覆蓋了一大半，只有西邊一部分呈乳白色，露出少許微弱的陽光。在毫無變化的東京夕暮的天空，您的身體從這邊看過去，看來比前方的大樓、公寓稍低。是雲霧的關係？大樓已有窗戶點燈，燈光模糊，公寓下邊曬著內衣褲和棉被。您已經不穿天主教神職人員穿的黑色衣服，也沒貼上羅馬白領。記得是灰色皺皺的西裝。可能是西裝的關係，從前，那麼魁梧的身體，不知怎的，感到虛弱且寒磣。這麼說實在失禮，看來像鄉下的西洋人。意外的是，那時我沒有太大的訝異。反而，覺得自然，當然。為什麼？我不知道。您身上，曾經有過的確信與自信已經消失，那個夕暮，在百貨公司屋頂上消磨時間的多數日本人，平凡的親子沒有人回頭看您。我不由得想站起來。然而當時，我有印象的那個女性，牽著身穿白色毛線衣的小孩的手向您靠近。你們背朝著我，彷彿保護小孩似的，往前方的出口而去。

說是見過您，也只是這樣。當然，這件事我沒跟妻子提起。不足道的那次再見，近幾年，夜晚有時突然浮上心頭。幾次回憶您的背影時，它跟我人生之河的其他幾個影子重疊。例如，小時候在大連的街上見過的販賣俄國麵包的白俄老人。還有，在那教會拖曳著疲累的腳步，悄悄探訪司祭館的老外國人（那個老外國人是跟您一樣因結婚被取消司祭職務的人）。夏天的黃昏，那個人對準備逃走的我說，不要怕我。他哀傷的眼睛，與被您強制要我拋棄的雜種狗的眼睛重疊。動物和鳥為何會有那樣充滿悲傷的眼睛呢？牠們在我的內部形成一個系列，結成血緣關係，覺得有什麼想對我說。同時，將牠們以一個系列在自己的人生之中給予場地時，您已經不是充滿自信與信念、個性強烈的傳教士，不是從高處俯視人生評斷的人，而是變成跟夾雜在點著燈的大樓、曬著尿布的公寓之間，被您丟棄的狗的悲傷眼神有著同樣眼神的人。因此您即使背叛我，我憤恨的心情也減輕了。甚至認為您曾經相信的東西是因此而存在。我想您已經明白了不是嗎？怎麼說呢？因為在下著毛毛細雨的澀谷的餐廳，服務生送來一盤東西時，您不讓其他客人察覺，偷偷地快速劃十字，我對您終於了解的也只有這些！

3 海與毒藥

第一章　海與毒藥

八月酷暑的時候，我搬到西松原住宅區來。雖說是住宅區，其實是建設公司任意取的。由於位在從新宿搭電車需要一個小時的地方，所以只有寥寥幾戶人家。

車站前有條國道，筆直向前延伸。猛烈的陽光照射著路面。常有不知從哪兒來的，滿載砂礫的卡車從這條路經過；卡車上用毛巾纏著脖子的年輕捆工哼著流行歌曲。

要是哭泣就起不了錨喲……

不愧是男子漢呀！面帶微笑地起錨哦！

每次卡車經過都揚起滿天塵土，等到塵埃落定後，才逐漸浮現出道路兩側的幾家商店。右側有香菸店、肉店和藥店排列著；左側是麵包店和加油站。啊！對了！還有一家西服店！我差點忘了說；西服店在距離加油站大約五十公尺的地方，孤伶伶地。不知為什麼會挑在這麼偏僻的地方呢？

由於卡車經過揚起塵土，用油漆寫的「歡迎訂作西服」的幾個大字和櫥窗的玻璃都變白了。櫥窗裡擺著只有上半身的肉色模特兒，那是非正經的衛生博覽會中常看到的白人男模特兒。頭上塗的紅色是當作金髮吧！高鼻子、藍眼睛的那具模特兒，整天掛著謎樣的微笑。

我搬來的那個月，豔陽高照的日子持續了好多天；麵包店和加油站之間的田地，出現了嚴重的龜裂，在毫無水氣的玉蜀黍根莖間，蟋蟀渴得發出痛苦的呻吟聲。

「這麼熱，好想洗個澡哦！」妻說。「澡堂離這兒還好遠。」

聽說澡堂是在車站對面，國道往回走大約二百公尺的地方。

「澡堂也是個問題；不知道有沒有醫生呢？我每星期非打一次氣胸不可——」

第二天，妻找到醫院回來了。她說就在澡堂旁邊有一家招牌上寫著「內科」的保險醫院。去年，在公司的團體檢查中，發現我的左肺上葉有個豆粒般大的空洞；幸虧肋膜尚未黏合，不必切斷肋骨。搬來這兒之前已在經堂（譯註：地名，位於東京都世田谷區）醫生那兒，接受了半年的氣胸療法，所以現在搬來這裡馬上要找個代替的醫生。

我照著妻告訴我的路，找到了勝呂醫院。夏日的夕陽反射在澡堂窗上的玻璃；也許是附近的農家來這兒洗澡吧？依稀聽到沖水聲和放置水桶的聲音，那聲音讓我感到幸福溫暖。醫院就在澡堂後面，由於坐落在整片紅透了的番茄園當中，一下子就認出來了。

說是醫院，其實倒像公庫（譯註：日本一種國營金融機構）建造的小灰泥屋。四周也沒有像樣的樹籬笆，就以被太陽曬得垂頭喪氣的褐色灌木當成跟番茄園的分界線。還只是黃昏時候，為什麼門戶緊閉呢？庭院裡掉著一雙小孩的髒雨靴。入口的地方有一間簡陋的狗屋，但是裡面沒有狗。我按了幾次門鈴也沒人出來，於是繞到庭院去。那兒的套窗開了一小縫，穿著白色診療服的男人探出頭來。

「誰？」

「我是患者！」

「怎麼了？」

「想請您幫我打氣胸。」

「氣胸？」

醫生是個四十歲左右的男人，不過看起來比實際年齡蒼老。他頻頻地用右手揉擦下巴，茫茫然地注視著我。不知是否因為我背向太陽的緣故，套窗關得緊緊的房間裡很暗；在暗影中，這個男人的臉看來既黑且腫。

「以前看過醫生嗎？」

「看過，打了半年左右的空氣。」

「X光片呢？」

「放在家裡。」

「沒有X光片就沒辦法！」

醫生只說到這裡，又把套窗關得緊緊的。在那兒，我呆立了一會兒，醫院裡靜悄悄的，聽不到一絲聲響。

「怪醫生呢，」那天晚上，我對妻說。「那是個奇怪的醫生呀！」

「他會不會是挑患者看病呢？」

「說不定是呢！他的話有種特殊腔調，不像是久居東京的人，可能是從哪個鄉下來的醫生吧！」

「總之，選個好日子去打氣胸，然後跑趟九州就對啦！妹妹九月的結婚典禮就快到了。」

「嗯！」

可是，第二天、第三天，我都沒去勝呂醫院。左肺的空氣逐漸減少，呼吸也越來越困難；不知怎地，要讓那位醫生打針我卻感到很不安。

氣胸通常是用如縫榻榻米那麼粗的針從胸側插進去，針上再接著橡膠管；然後把空氣從管輸送到胸部，這是慢慢把空洞填補起來的治療法。我討厭這種治療法並非因為針插入胸部，而是針從腋下插入的關係。通常，腋下是由手臂遮住保護的部位，當手臂舉起，等著打針時，不知怎地，總覺得胸側有股冷颼颼的感覺。由於手臂高舉，因此在那冷颼颼的感覺裡，還摻雜著把自己置於毫無防禦狀態下的不安。

就連看慣的醫生打針時，都還會覺得不舒服，更何況是新醫生呢？更令我心裡難安。要是碰上醫術差的醫生，偶爾還會有自然氣胸的突發事件產生呢！一發生自然氣胸，患者馬上會窒息。我想起從套窗把頭伸出的勝呂醫師那張既黑又腫的臉，以及陰暗的房間，不知怎地就不想去了。

話雖這麼說，也不能再拖下去了。半個月後小姨子就要在九州的F市舉行婚禮，我必須代替懷孕的妻出席；雙親已過世，妻是她唯一的親人。

心裡想著要帶X光片去、要帶X光片去之間，又過了兩三天。

兩三天後我第一次上這裡的澡堂。由於是星期六，下午兩點左右我就從公司回到了家。途中，被一輛從後趕過的卡車所揚起的灰塵弄得全身髒兮兮的。

或許是時候還早，整個大澡堂裡只見一個狐狸面孔的男人兩手托腮，靠在浴槽邊緣。他注視我一下，之後，搭訕著說：

「這時候洗澡正好！」

「咦？」

「這時候洗澡正好呀！再晚一點附近農家的小孩會把水弄髒；小鬼們會在水裡小便的，真拿他們沒辦法！」

我縮著身子躲在角落裡，搓洗著細小的手臂，才想起這個男人是車站附近加油站的老闆。他經常穿著腰間繫有帶子的白色工作服，手上拿著加油管，因此一下子沒認出來。女子澡堂那兒傳來小孩的哭聲。

他從浴槽起身時，弄出巨大的水聲。壁上的鏡子裡映出他那像狐狸的面孔。他嘴裡發出「嘿嘍！」後，一屁股坐到桶子上開始洗起長腿了。

「你搬來這兒沒多久吧？」

「才一個星期，以後還請多指教呀！」

「做什麼工作呢？」

「在一家五金行上班。」

「公司在東京吧？從這裡到東京上班很累吧？」

我悄悄地注意他那留在胸上的內衣痕跡。雖然肋骨有點突出，還算是骨格粗壯型的。像我這樣身體虛弱的男人，對體格好的同性常會感到自卑。加油站老闆的右肩上有一道長約十公分，看來像是燙傷的痕跡；那傷疤的樣子像美人蕉的花瓣。

「你老婆好像懷孕了？」

「是呀！」

「上一次我看到她在車站一帶走；滿辛苦的樣子。」

「這附近有好醫生嗎？」

我想打聽看看除了勝呂之外，還有沒有別的醫生。我自己的胸部倒還是其次，最要緊的是妻的生產問題也不能不考慮了。

「那兒不就有一家勝呂醫院嗎？」

「那個醫生的醫術怎樣呢？」

「聽說不差喲！他很少說話，是位個性怪怪的醫生。」

「欸！我也覺得怪怪的。」

「不過結帳倒是很乾脆的。拖些時日他也不會來討。」

「我昨天去過了，可是套窗卻關得緊緊的。」

「可能是太太帶著孩子上東京去了吧。聽說他太太以前還是護士呢！」

「他在這兒已經很久了嗎？」

「你說誰呢？」

「那個醫生。」

「好像也不太久；只比我早一點。」

灰色的髒水從他的腳下流出來，他擦拭身體的右手常碰到我的臉。泡過熱水變紅的肌肉，在熱水和肥皂泡沫下像細長的氣球發出亮光，真令人羨慕呀！右手臂接近腋窩處像是被燙傷的痕跡，看來有點白而腫脹的樣子。

「那是燙傷的嗎？」

「什麼呢？啊！這個呀，是被迫擊砲打到的，在中國中部地方，被中國佬打到的，是光榮的負傷哦！」

「很痛吧？」

「痛呀！怎麼會不痛呢？就像被燒紅的鐵棒重重地打了一下似的；你當過兵嗎？」

「大戰結束前，只去了一下就回來了。」

「哦！那你大概沒聽過中國佬迫擊砲的聲音吧！咻！咻！咻地飛過來。」

我想起自己入伍的鳥取部隊：在微暗的內務班上，坐著幾個臉孔和加油站老闆一樣的狐狸型傢伙。他們虐待我們新兵時，細長如象眼的眼睛還微笑著呢！那些傢伙說不定現在也在哪兒當加油站的老闆。

「在中國中部的時候很有趣耶！有玩不完的女人。要是有人敢反抗就綁在樹上當突擊的對象。」

「把女人？」

「不，是男人。」

他塗滿肥皂的臉轉向我，好像第一次看到我蒼白又削瘦的胸膛和細小的手臂，露出訝異的眼光。

「你可真瘦喲！這樣子的手臂是刺不死人的，沒法當兵的。我呀——」說到這兒他停了一下。「……其實不只我，凡是到過中國大陸的傢伙，最起碼都殺死過一兩個人。我家附近的西服店老闆你知道吧！他在南京的時候聽說相當殘暴；因為那傢伙是憲兵呀！」

不知從哪裡傳來收音機的流行歌曲，那是美空雲雀的聲音。女子澡堂裡又有小孩在哭了。

我擦乾身體對他說聲「先走了！」在更衣處，有一個男人的臉微微朝後正在脫襯衫，是勝呂醫師！他看著我眨了眨眼睛，但很快就把視線移開。我不知道他是否還記得前天的事？

午後的陽光照在醫生的額頭上，冒出幾粒小汗珠。我穿過番茄園回家，蟋蟀此起彼落地發出沙啞的叫聲；那聲音令人感到好難過。

經過西服店前，我停下腳步；因為我想起了加油站老闆說的話。櫥窗上仍然蒙著一層白色的塵埃，店裡有個男人低著頭正踩著縫紉機，是個顴骨突出、眼眶凹下的男人！就是這個男人在南京當憲兵嗎？可是，再仔細一想，這也許是很平凡的臉。我在鳥取部隊的內務班上，在老兵和戰友裡頭，常看到這種像農民的面孔。

「有什麼事嗎？」

「不！天氣這麼熱——」我有點尷尬。「很辛苦吧？這是您的職業？」

「哪裡！」西服店老闆意外地露出親切的笑容。「在這種鄉下地方，生意真不好做，真不好做！」

櫥窗裡的模特兒，仍然掛著空虛的、謎般的笑容。藍色的雙眼似乎凝視著某一點。才剛上過澡堂的身子，回到家裡又是一身汗。妻用雙手捧著便便大腹坐在走廊邊。

「喂！妳知道人面獅身像吧？」

「耶！什麼事呢？」

「妳知道玉米田那邊開著一家西服店吧？櫥窗裡擺著一具模特兒。夕陽照在模特兒身上，看到那模特兒的笑容，讓我想起埃及沙漠的人面獅身像呀！」

「不要想那些沒用的事，快去看看醫生吧！」

由於妻嘮叨得厲害，那天傍晚我帶著X光片去看勝呂醫師。套窗仍然關得緊緊的，庭院裡小孩的雨靴還扔在那兒，小狗屋依然空著。太太不在家時，勝呂醫師似乎是自己做飯。

屋子裡和診療室中都瀰漫著一股髒臭味，不知是來看病的病患留下的體臭，還是藥水的味道？遮窗的白色窗簾從正中央裂開了，陽光從那兒照到診療室一半的地方。我看到勝呂醫師診療服上的一小塊血漬，感到很不舒服。

當我躺在有著裂縫的空床上時，他眨眨眼睛把X光片拿到眼睛的高度看著，透過窗簾照射進來的陽光照在他浮腫的臉上。

「以前的醫生打了四百C.C.空氣進去。」

勝呂醫師沒有回答，我一直看著他從抽屜裡拿出裝著氣胸針的玻璃瓶，檢查針孔，然後裝上橡膠管子，最後把麻醉藥的注射管擰進去。他長著毛的粗大手指像芋蟲似地動著，指甲裡積著黑黑的污垢。

「把手舉起來！」他聲音低沉地命令著。

他的手指在我腋下肋骨之間探索著，是在找尋打針的部位。一股金屬般的涼意逼了過來。其實，更正確地說不是涼意，而是他並不把我當患者，是當成某種實驗品來處理，既準確又無情（跟以前的醫生指尖的觸覺不同）。基於患者的本能，我突然害怕起來。（以前的那個溫暖多了！）

這時，針已扎進我的胸部，我很清楚地感覺到針是從肋膜和胸廓之間滑進去的。這一針打得真漂亮！

「唔——」我使出力量。

勝呂醫師似乎沒聽到我的叫聲，眼睛仍然看著窗外。他似乎在想著別的事。

加油站的老闆說他是沉默寡言、有點怪異的醫生；不錯！勝呂醫師的確是有點怪。

「好冷淡啊！那種醫生很多喲！」妻對我說。

「是嗎？總之，那種氣胸針的打法，在鄉下醫生是難得一見的。他為什麼會住在這種地方呢？」

把氣胸針插入患者胸中，看似容易其實很難；我在經堂時，從看病的老醫生那兒聽說過：「這可不能隨便交給年輕的實習醫生，等到能打得好的，都已是老練的結核病專門醫生了！」

聽說那個老醫生以前曾在療養院服務過很久。有一天，他很詳細地為我說明：針越新越不痛，不過，要把前端圓形的針迅速地插入厚厚的肋膜深處，力道要拿捏得很準才行。前面也說過有時會併發自然氣胸；要是一針插不到適當的位置，縱使不發生自然氣胸，患者也會很疼痛的。

以我的經驗來說，就算是經堂的老醫生，一個月裡也會有一兩次針停在肋膜附近，非得重打不可。重打時，胸部那種撕裂般的劇痛是難以形容的。

可是，勝呂醫師從沒發生過這種事。他一針敏捷地插在肋膜與肺之間，剛剛好停在那兒，一點也不痛，一下子就打好了。如果經堂的老醫生所言屬實，那麼這個臉既黑又腫的男人，可能在哪兒從事過相當時期的結核治療吧！可是，這樣的醫生似乎沒有理由非到像沙漠般的地方來不可呀！他為何而來？令我百思莫解。

儘管他的技術是那麼高明，我對這個醫生仍然惴惴不安。不！說不安不如說厭惡。我形容不出他每次摸我肋骨時，硬硬的手指，宛如被金屬片碰觸到的冰涼感覺，而且，我還感受到某種足以威脅到患者生命的東西。我以為或許那是他粗大的手指像芋蟲在蠕動的關係，其實不只如此。

搬到這裡已快一個月了，為了九月下旬小姨子的結婚典禮，得跑趟九州。妻的肚子已經越脹越大。

「肚子圓滾滾的可能是個女娃娃。」妻把嬰兒服貼在臉頰上很高興地自言自語。「她在踢呀！有時候會踢肚子呀！」

加油站的老闆仍然穿著白色的工作服，在輸油器前走來走去。我每次上班路過時跟他打招呼，有時還停下閒聊幾句。在澡堂裡除了他之外，也碰過西服店的老闆。我心想：能把這病治好那就太幸福了，也快有小孩了，雖然空間不大，也有了自己的房子；這雖是很平凡的幸福，但是我已經很滿足。

然而，勝呂醫師卻引起我很大的好奇。套窗總是關得緊緊的，是因為老婆還沒回來嗎？掉在庭院裡的小孩的紅雨靴是被狗叼去了？不知何時已不見了。

有一天，我對他的了解多了一些。我記得那是搬到這裡之後第五次打氣胸的日子，候診時候，看到放在玄關的舊週刊雜誌裡夾著薄薄的F醫大畢業生名簿。由於姓勝呂的人很少，所以很快就找到他的名字，最讓我驚訝的是那所醫大所在的F市，居然是九月底小姨子要舉行結婚典禮的地方。

「原來他那口音是九州F市的口音！」我告訴妻。

「什麼口音？」

「就是我第一次去的那天，他看我沒帶X光片去，說：『沒X光片就沒辦法！』」

我和妻都是東京出生的，不知道學得像不像。不過，因為那發音有點滑稽，我們不由得噗哧而笑。

「那醫生的老婆不會是跑掉了吧？」在澡堂裡的加油站老闆說。「這麼說，他原來是搭上了護士呢！」

「真是個怪人。」

「雖然有點怪，不過對我來說倒是方便不少。去年我的孩子生病，找他看好了，醫療費到現在還沒來要呢！」

「跑掉的太太是怎樣的人？」

「哎呀！那就跟他老公一樣，也是個血色不良的女人呀！幾乎都不到外面來，更沒看過她到車站那邊去。」

每次氣胸日上他家時，勝呂醫師也幾乎都不說話。破裂的白色窗簾看得出褪色了不少，可是仍然一直掛著。患者中以百姓的太太和孩子為多。他們坐在玄關的階梯上，翻著給患者看的報紙和週刊雜誌耐心地等候著。由於沒護士，連配藥都是勝呂醫師親自動手的。

在殘夏陽光猛烈的黃昏，我獨自在國道上悠閒地散步時，看到勝呂醫師拿著手杖站在路旁，正往西服店的櫥窗裡瞧。

當他發現我走近時，馬上移開視線，挪動腳步。我向他點頭，他也只是默默地回禮而已。

櫥窗上仍舊蒙著一層卡車揚起的白色灰塵，看不到西服店老闆的影子。紅髮的肉包模特兒微笑凝視著我。勝呂醫師剛剛佇足在這兒看的是這具人面獅身像。

九月底，我搭上漫長而無聊的火車，前往九州，參加小姨子的結婚典禮。

出發前我請他打空氣進入胸部。不過，我沒跟他說要到九州的事；因為我想反正說了他也不會答腔的。

小姨子是在東京上班和同事戀愛而論及婚嫁，由於男方家在F市，因此婚禮就在這兒舉行。小姨子沒什麼親戚，來參加她婚禮的就只有我這個代替她雙親出席的親戚了；或許她會覺得不光采吧？

我也一樣，從到F市的那天起就想回東京。以前聽說過水上都市，流過市街中心的那河川，水黑如墨還有泥臭味；黑色的水面上，還漂浮著小狗的屍體和舊膠鞋，令我想起勝呂醫院的庭院和診療室的臭味。當地人的口音真的就跟勝呂醫師一樣，我想到他也曾經有過看著這條河、走在這條街上的醫學生時代而覺得滑稽。

婚禮在市中心的一家小餐館舉行，小姨子的先生個子矮小，是個看來善良老實的上班族；跟我一樣是早上在新宿車站等電車上班的無數上班族之一。不久的將來小姨子有了小孩，要是能和這個男人在郊區土地較便宜的地方蓋個房子，過著和我一樣平凡而幸福的日子那該多好！什麼事也沒有，什麼都沒發生，平平凡凡地過日子是最幸福的了。

入席時坐在我旁邊的是新郎的堂兄，個子也很矮，可是很胖。給我的名片上印著的頭銜是醫師。

「您是F醫大畢業的嗎？」因為沒有話題，我想起在勝呂醫院看到的畢業生名簿，於是問他。「是的話，您認識勝呂嗎？」

「勝呂？勝呂……」對方斜著頭。一兩杯黃湯下肚他滿臉通紅。

「是勝呂二郎嗎？」

「是──」

「你認識勝呂？」

他用F市速度很快的方言大叫了起來。

「因為我請他看病，打氣胸。」

「哦……」

他對著我的臉看了一會兒。

「那麼他現在——是在東京？」

「您和勝呂先生是學生時代的朋友嗎？」

「不，他——或許你不知道那個案子！」

那個人突然把聲音壓低。

婚禮結束後，小姨子和丈夫要到車站，我和親戚們送他們到月臺。街上，下著雨。新婚夫婦離開之後，大夥兒突然覺得無聊起來。男方家人邀我再上餐廳，我推說疲倦回到旅館。旅館裡幾乎沒有客人，女服務生鋪好床出去之後我盤腿而坐，抽了好幾根，已有好長時間沒抽的菸。

鑽入被窩裡闔上眼睛，就是睡不著，腦子裡揮不去喜宴上新郎的堂兄小聲地告訴我有關勝呂醫師的事。雨，輕敲著屋頂；傳來旅館內遠處女服務生們的嬉笑聲。

才剛昏昏入睡，一下子又醒過來了。黑暗中，勝呂醫師既黑又腫的面孔，以及像長著毛的芋蟲般的手指一閃而過。胸前的皮膚似乎又感受到那股冰冷感覺。

第二天也是雨天。午後，我冒雨上街前往F市的報社。

「我想查一下以前的報紙——」

服務臺的小姐以不耐煩的眼光看著我；不過還是撥電話給資料課。

「是什麼時候的？」

「是戰爭剛結束時的報紙；有關戰時F醫大人體解剖案件的審判記錄。」我回答著。

「能不能讓我看看那時候的報導？」

「你有介紹信嗎？」

「沒有！」

在三樓資料課的一個角落裡，我花了將近一個小時讀完報紙上相關的報導。

那是戰時這裡醫大的醫生，把八名俘擄來的飛機駕駛員當作醫學上人體解剖的材料的案件。實驗的目的主要是：人失去多少血液後會死亡？以鹽水代替血液可以打多少進入人體？還有把肺切掉後人可以活幾小時？當時參加解剖的醫生有十二人，不過其中包括兩名護士。首先在F市審判，後來移到橫濱。我在被告名單的最後一位找到了勝呂醫師的名字，沒報導他在實驗中做了什麼？當事者的主任教授不久自殺了，主要的被告也都被判了重刑；不過，有三個醫生只判了兩年的徒刑。勝呂就是其中之一。

從資料課的窗戶，看得到低垂的黑色雲層覆蓋著這條街。我有時從報紙中抬起頭來，眺望陰暗的天空。當我離開報社走在街上時，細雨斜打在臉上。巴士、電車和東京一樣發出噪音。被雨淋濕的人行道上，穿著藍色、紅色等各種不同顏色的少女們走著。從咖啡廳裡傳出柔和而甜美的音樂，電影院的牆壁上張貼著江利千江美滿面笑容的海報，是她來到這城市？

「老闆，請買張獎券！」

圍著圍巾的婦人在路旁向我招呼。

不知怎地，我覺得好累！我在咖啡廳裡喝咖啡吃甜點；店門時開時闔，帶著小孩的父親，或年輕的情侶進進出出。在這些臉孔當中，有像加油站老闆那樣細長的狐狸面孔；也有跟西服店老闆一樣顴骨突出、下巴呈四角形的農夫面孔。加油站的老闆現在或許穿著白色的工作服，正在替卡車加油吧？西服店的老闆可能在那蒙著一層白色灰塵的櫥窗後面正踩著縫紉機呢？仔細一想，那兩個人都有過殺人的經驗，在我搬過來的西松原住宅區的幾家商店中，光是我所知的就有兩個男人體驗過殺人的滋味；勝呂醫師也是。我茫茫然，不知是怎麼一回事，為什麼以前對這些事毫不在意呢？我感到莫名其妙。而剛剛開門進來的中年人，說不定戰時也殺過一兩個人呢！可是，當他喝咖啡或罵小孩的臉不像是殺過人的面孔。就像卡車弄髒西服店的櫥窗般，無數的灰塵「堆積」在他們的臉上。

我走出咖啡廳，搭上終點站是F大醫學院的市電車。小雨又開始下了，廣闊的校園內，排列得整整齊齊的槐樹似乎都淋濕了。

我很快就找到做人體解剖的第一外科病房。我裝作探病的樣子登上三樓。三樓都是住院患者的大病房，走廊上瀰漫著消毒藥水的髒臭味，沒錯，這就是勝呂醫院診療室的臭味。手術室裡看不到半個人影，兩床空床閒置窗旁。我蹲下來沒動，不知道自己為什麼到這種地方來？我想到幾年前，在這陰暗的房間某一處，也出現過勝呂醫師既黑又腫的臉孔吧！突然，我有股衝動想見他。

我感到頭昏昏沉沉地，於是登上屋頂。眼下F市的街道就像灰色的巨獸蹲踞著，看得到街道前方的大海。海，湛藍的海，彷彿要滲入我眼中。

回到東京時已經入秋了。我什麼都沒告訴妻。第二天的黃昏，我去了勝呂醫院。

當他把橡膠管接到氣胸針上時，我故意若無其事地說：

「我剛從F市回來！」

勝呂醫師只看了我一眼，他的表情仍然黯然。接著，他的手指開始在我的肋骨之間探索。他穿的診療服上有一小塊血漬！

「請幫我打麻醉針！」

通常像我這樣已打了一年針的老患者，是用不著麻醉的。可是，他那冰冷的指尖和診療服上的紅色血漬，讓我感到恐怖，不由得叫了出來；叫出聲之後，我才察覺到那跟人體解剖那天美軍俘虜在手術檯上所發出的哀求是一樣的。

是因為黃昏的關係？或是窗簾緊閉的緣故？跟平常不同，我覺得診療室逐漸暗下來。空氣送入肺部時發出像水槽裡啵、啵的水泡聲。我的額頭都冒汗了。

當針拔出來時，我甚至有得救了的感覺。勝呂醫師背對著我，不知在病歷卡上寫什麼；突然，他轉過身來眨眨眼且喃喃自語，聲音微弱而疲倦。

「那是沒辦法的事！在那種情況下真的是一點辦法也沒有，以後也一樣，我自己也沒信心，將來如果還遭遇到同樣的情況，我或許還會那麼做……做那種實驗！」

出了醫院，我漫步在國道上。國道筆直向前伸展，似乎無盡頭。前面有輛卡車揚起濛濛灰塵朝著我開過來，我躲到西服店的櫥窗後面等卡車過去。模特兒的藍眼睛注視著某一點，嘴角泛起微笑。

「早上四條腿，中午兩條腿，晚上三條腿的動物是什麼……那是人！」

我想起孩提時代聽過的人面獅身的謎題。我心想，今後是否還要去勝呂醫師那兒呢……。

1

「老闆的診療改為幾點呢？」

「三點半吧！」

「又在開會嗎？」

「嗯！」

「真是悲哀的世界！為什麼大家都那麼想當醫學院院長呢？」

一月的風把破窗戶吹得擦擦作響，貼在玻璃窗上預防爆風（譯註：爆炸後產生的風）的紙被風颳掉少許，卡沙卡沙作響。第三研究室在這棟病房的北邊，因此在剛過兩點半的下午，已跟傍晚一樣又陰暗又寒冷了。

戶田把報紙鋪在桌上，用舊解剖刀削著藥用葡萄糖。每削完一部分時，他就很惋惜地舔著附在手掌上的白色粉末。病房又恢復了寧靜。一樓的大病房和二樓的單人病房，到三點為止是「安靜時間」。

勝呂用銀線把黃色的痰在玻璃板上弄散，然後放在藍色瓦斯火上烘乾。痰燒焦後惡臭撲鼻而來。

「呸，試驗血清不夠呀！」

「什麼？」

「試驗血清不夠呀！」

勝呂和同是實習醫生的戶田說話時，常摻雜一兩句關西方言。從學生時代起，兩人之間就是這種說話的習慣，從前這也象徵著他們之間深厚的友誼。

「這是誰的痰呢？」

「是老太婆……的。」勝呂回答，臉紅了。因為他發現戶田在黏著白色葡萄糖粉末的嘴角浮現出嘲諷的微笑正注視著自己。

「你在搞什麼？」戶田故意做出驚訝的聲音。

「省省吧！你要照顧那免費治療的患者到幾時呢？」

「我也沒怎麼特別照顧呀！」

「哎呀！反正注定要死的患者，還用試驗血清，真是浪費！」

不過，勝呂邊眨眨眼睛，開始把痰染色。老太婆的痰在玻璃板之間，經火一烤，就像荷包蛋的褐色邊緣黏在玻璃板上。勝呂想起老太婆褐色的、乾癟的手臂。戶田說得對，那個女人可能活不了十個月吧！每天早上，到充滿惡臭的病房巡視，他早就發現躺在髒被子裡的老太婆，眼光已逐漸黯淡無光。

她是門司（譯註：地名，位於福岡縣北九州市）遭到空襲被燒燬時，打算投靠住在這裡的妹妹而逃來的患者，到了這裡才發現妹妹和家人都已行蹤不明，被警察送到大學的附屬醫院來之後，就一直以免費患者身分躺在第三病房的大病房裡。她的雙肺已壞了一半，根本無藥可救，老闆橋本教授也早已放棄了！

「我想說不定還有救呢！」

「還有救嗎？」戶田突然發出厭煩的聲音。「不要再感情用事了。即使救得了一個人又怎麼樣呢？大病房和單人病房裡病入膏肓的人多得是，為什麼特別照顧老太婆呢？」

「也沒什麼特別照顧嘛！」

「是不是老太婆像你媽媽？」

「亂講！」

「你真天真。不要想法老是跟女學生一樣。」

勝呂被戶田這麼說，雖然生氣，可是，另一方面自己的祕密被揭穿，不由得臉紅起來，把玻璃板往架子後面扔過去。

他不知該如何向戶田說明自己的心情。想說「那患者是我的第一個患者」又覺得難為情，或者坦白說：「我——每天早上，在大病房看到老太婆頭髮變黃，就難過得不得了；看到那瘦如雞腳的手就感到痛苦。」也覺得羞怯。如果真的這麼說，準又會招來戶田一陣冷嘲熱諷。他一定又會說這種憐憫在現今社會裡，對醫生而言不但無益反而有害。

「這是大家都得死的時代，」戶田用報紙包好葡萄糖放進抽屜裡。「不死在醫院裡，也會死在每晚的空襲，治療可憐老太婆一個人又有什麼用，還不如去研究治療肺結核的新方法。」

戶田穿上掛在壁上的診療服，像老哥勸告小弟似的，露出微笑走出房間。

已經三點了，「安靜時間」似乎已結束。走廊上開始傳來護士們啪嗒啪嗒的跑步聲。自炊的患者在沖洗食器。從窗戶的破洞看到一輛乳白色發亮的車子，從大學校園內緩緩地駛過來，最後停在第二外科的正門。一位穿著國民服的矮胖男人，在軍醫的陪侍下鑽入車中。車門關上了，車子開始滑動，很快就消失在灰色的路上。在黃昏毫無人影的校園內，剛才的這一幕，跟陰暗的研究室、寒磣的病房，以及躺在病床上的患者們相比，彷彿是不同世界發生的事！

「那不是權藤教授和小堀軍醫嗎？看來會議已經結束了！」想到這裡，勝呂更加憂鬱了。「會議要是順利還好，要不然老闆又要拿我們出氣！」

一個月前，勝呂所屬的大學醫學院院長大杉教授，在與西部軍司令部的醫官和教育部官員會議時，因腦溢血過世了。會議中途，這位老人搖搖晃晃地上廁所。等到大家聽到鏗的一聲趕過去看時，只見老人手抓著水洗式廁所的沖洗鍊子，仰臥著靠在牆壁上。

勝呂還記得一星期後，校內舉行醫學部部葬的事。那是個陰寒的下午，從海上吹來的風，像小龍捲風般把校內的黑色灰塵和報紙捲上天空；帳幕發出啪嗒啪嗒的聲音。帳幕前西部軍高級軍官戴著白手套，按著軍刀柄，兩腳岔開坐在椅上。並坐在他們旁邊的教授們，也許因為穿著難看的國民服，每個人的表情都顯得苦澀而疲倦。有一個軍官在教授遺像前做了很長的演講，闡述醫科學生實踐人臣之道。

只不過是實習醫生的勝呂，每天看到老闆橋本教授焦躁的表情，也多少能感受到醫學院的教授們對院長寶座的企盼和不安。那陣子，診療時老闆動不動就對實習醫生發脾氣，或斥罵免費治療的患者們。

依戶田的說法，大半教授都已被第二外科主任權藤教授拉攏過去了。事實上，不管是年齡或院內的經歷來說，由戶田和勝呂的老闆——橋本教授繼任醫學院院長乃是理所當然的事；可是，權藤派和F市的西部軍結合之後勢力大增，理所當然的事也被推翻了。戶田還說：聽說權藤教授和軍部私下約定，如果自己當上醫學院院長，準備把大學的兩棟病房專門收容傷兵；還聽說在權藤教授和軍部之間居中聯絡的，是第二外科的講師小堀軍醫。

對學校內部這麼複雜的內情，到底不是像勝呂這種最基層的研究員所能了解的。他只了解這些跟自己的將來並沒有很深的關係，「我的頭腦跟淺井、戶田的不一樣，不是留在大學的料子。」他心想，「能夠到哪邊山上的療養院，當個結核病的醫生也就心滿意足了；再說不久後服短期役就要和這醫學院揮手道別了。」每到黃昏時刻，常有褐色車子停在第二外科的入口。戴著綠色襟章，腰上佩戴著不合身的軍刀，穿著長筒靴的實習醫官們打開車門，矮胖的權藤教授，悠悠然地上車。看到這幅光景勝呂擔心的是：診療時老闆會不會又故意出難題？

那天下午勝呂也擔心著老闆的心情。三點半診療時間到了，他在第一外科主任室前，和淺井助教及戶田等著老闆會議結束出來。

「開會的情況，怎麼樣？」他眨眨眼睛，小聲地問戴著無框眼鏡、翻著病歷卡的淺井助教。

「不知道！」

淺井助教瞪了勝呂一眼，那表情似乎在說，以一個小小的研究員，無權過問醫學院的內部情形。

「比那更要緊的是，阿部蜜的胃液檢查表不是還沒拿來嗎？待會兒要是老闆問起來，怎麼辦呢？」

以備役軍醫的身分剛回到研究室來的淺井助教，想趁此機會鞏固自已在第一外科的地位。因此當別的助教和年輕講師被徵召服短期兵役，而研究室呈真空狀態時，布下一些暗樁是絕對必要的；院內還傳說他和老闆的姪女訂了婚呢！

勝呂結結巴巴地還想辯解，可是對方卻感到囉嗦而不理會他，又繼續裝得很忙似地翻起病歷卡。

將近四點，冬陽已從走廊上退出去，這時才看到老闆在兼任祕書——大場護士長的陪同下出現了。兩人都疲憊不堪的樣子！

老闆純白的診療服胸前，綠色的領帶歪了；平日梳得整齊的銀色頭髮也被汗水沾濕了，還有兩三根頭髮垂在額頭上。這種情形從未在他身上發生過。

從學生時代起，勝呂就懷著一種混合著神祕的害怕和崇拜，遠遠地眺望著老闆。年輕時一定是個美男子，輪廓分明，像雕像的面孔，隨著年齡的增加，又多了第一外科手術名醫的威嚴。勝呂每次想到老闆的夫人，是留學時代戀愛結婚的白人女性，就認為這樣的人生，是鄉村出身的自己一輩子都辦不到的，而感到痛苦。

「看來今天一定會發脾氣！」當老闆默默地走在走廊上時，戶田和勝呂並肩，悄悄地說：「你真的沒替阿部蜜檢查胃液嗎？」

「我替她檢查，」勝呂皺起眉頭回答：「可是她覺得好難過，吞不下塑膠管，我看她實在太可憐了……」

結核患者有人會硬說自己沒有痰，阿部蜜就是其中之一。其實不是沒痰，而是把痰和唾液一起嚥下；這時候就要用塑膠管直通胃部連同胃液一起抽出來。三天前，勝呂要她吞了好幾次塑膠管，每一次她都是流著淚吐了出來。

「真是沒辦法，」戶田聳聳肩。

「那也沒辦法了。要是老闆問起來，就說比規定多通了好幾次。隨便編個結核菌號碼就行了。」

診療是從大病房開始的。在晝短的一月午後，只有窗旁留有白色的微光。當穿著白色診療服的老闆、淺井助教、護士長和戶田、勝呂等五個人一走進病房，護理人員馬上打開蓋有防空用黑布的電燈。有幾個患者慌慌忙忙端坐起來，兩手放在膝蓋上。

屋內充滿著異樣的臭味。是這陣子一般患者中有人在病房裡煮東西、木柴的焦臭味，加上棉被的污垢味，和藏在床鋪下的便器臭味，混雜而成的特殊臭味，連走廊上都聞得到。

這情形勝呂已司空見慣了；他發現老闆回診時患者的表情，跟自己單獨查病房時的表情完全不同。當他單獨前來時，患者們會從油漆斑駁的床鋪上發出狡猾的微笑或發牢騷、哀求。「勝呂醫師，請給我鎮咳劑！我咳嗽咳得睡不著。」「醫生啊！能不能給我鈣劑呢？」

勝呂知道他們要這些藥並不是真的為了自己的病。有人把藥小心地藏在箱子裡，跟別人交換只配給到少量的地瓜和大豆；也有人餓得難過時，喝鎮咳劑解饑。

不過，每星期兩次老闆帶著助教和學生們診療時，患者們會突然變得渺小。當淺井助教把綁在床鋪上的體溫表遞給老闆時，他們彷彿等待宣判那樣，以充滿不安的小小眼光仰望著眼前偉大的人，極力掩飾發燒、咳嗽等症狀，希望早一秒鐘脫離醫生們檢查的患者，兩手放在膝上，縮著肩膀。

「把睡衣脫掉！」淺井助教命令。「把背部轉過來，玫瑰疹還是老樣子，不過耳朵已開始化膿了。」

老闆手上拿著體溫表，好像在想著別的事，因為在昏暗的大病房裡，不戴眼鏡，不可能看得清體溫表的。

「體溫呢？」老闆心不在焉地問。

「從耳朵會痛開始，就超過三十八度了。」

「已經不痛了。」從滿是補丁的灰色睡袍中露出來的胸部上，肋骨根根可數。中年患者蓄著鬍子的臉抽搐著。「現在已經不痛了呀！」

患者右耳四周的淋巴腺腫起，冒出小小的腫瘤，很明顯地那是耳結核的前兆。老闆伸出夾過香菸的細長手指，用力一壓那個腫瘤，患者皺著眉頭，強忍著沒叫出聲來。

「沒什麼要緊的。」

「混帳！」

「醫生，我的病治得好吧？」

老闆默默地走到下一張病床。勝呂跟在大場護士和戶田後面，聽到背面淺井助教一邊用鉛筆在體溫表上做記錄，同時安慰患者：「沒問題，阿伯，待會兒給你鎮痛劑。」

意外地，老闆今天並未發脾氣，與其說沒發脾氣，不如說他惦記著別的事；連夾在他兩根形狀姣好的手指間的菸灰掉在體溫表上和患者的棉被上，都渾然未覺。他在幾個患者的床前，對淺井助教的病情報告也只是點點頭，沒指示就通過了。勝呂鬆了一口氣，心想看來沒給阿部蜜檢查胃液的這件事不會挨罵了。

外頭乳白色的暮靄開始籠罩。遠處從實驗用狗的狗屋傳來乞食的吠聲。在遮光黑布下的電燈只在周圍發出昏暗的亮光。勝呂看到乳白色暮靄前方的黑色大海；海離醫學部並不遠。診察過的患者，仍然端坐在自己的病床上，以不安的眼光追蹤醫生們的舉動。每當燈泡搖晃時，他們弓著背，悽愴的身影也在牆壁上跟著晃動。角落裡強忍著不咳出聲的女患者，終於忍不住用手摀著嘴巴激烈地咳嗽起來。

「好了，不用再看了！」

老闆很疲憊的樣子，用右手推開淺井助教遞過來的新病歷卡。

「有沒有病情急速惡化的患者？」

「有，不過，您累的話就不要看了。」

淺井助教的臉頰扭曲，露出諂媚奉承的笑容。戶田插在診療服口袋裡的手突然握緊。

「那麼——」淺井助教突然瞄了勝呂一眼緩緩地說。「就請看勝呂負責診療的患者吧！」

「誰呢？」

「躺在那邊免費治療的女患者。」

在靠近大病房出口，躺在比其他病床更簡陋的老太婆一聽到這話，馬上用破軍毯包裹著身坐了起來。

「沒關係，妳躺著吧！」淺井助教跟剛才一樣用像女性的甜美聲音說，然後用鞋尖把老太婆掉在地板上碗口已凹下的鋁製碗，偷偷踢入床鋪下。

「事實上，她自己也同意；反正快要死了，我想為她開刀看看。」

「啊——」

老闆發出意義不明的聲音，回過頭來。他的樣子對這件事並不關心與好奇。

「這是個好機會。她的左肺有兩個洞，右肺也有浸潤的部位，正好做兩肺同時開刀的實驗。」

老太婆用毛毯的一角包裹著胸部，膽怯地看著勝呂僵硬的表情。燈光的亮度照射不到那兒，她盡可能地縮著身子，好像要隱藏在黑暗的角落裡。她知道眼前「偉大的」醫生們正談論自己的事，屏住呼吸、帶著歉意點了幾下頭。

「柴田副教授說無論如何想試試看。」

「好。」

「那就讓勝呂做預備檢查，然後再由您決定！」

淺井助教回過頭來看勝呂，催促著：「沒問題吧？」勝呂求救的眼光往大場護士長和戶田的臉上看；可是，護士長的表情像「能面」（譯註：日本傳統藝術「能樂」中使用的面具）；而戶田也把臉轉開了。

「勝呂君，你願意幫忙吧？」

「是……」勝呂眨眨眼睛，用微弱的聲音回答。

老闆很疲倦似地走出走廊，勝呂斜靠在大病房牆壁上，深深地嘆了口氣。老太婆用毛毯包裹著的身體，從角落的床鋪上看著他，他很痛苦地把眼光從那困惑的視線中移開。動手術的話，這個患者的存活率是百分之五十；但是兩肺同時動手術，在醫學院是史無前例，百分之九十五是活不了的！可是，要是不動手術，半年之內她也會衰竭而死。「這是大家都得死的時代，不死在醫院裡，也會死在每晚的空襲！」勝呂又想起今天下午戶田生氣時的氣話。診療結束後，大病房又響一陣乾咳；患者們像蝙蝠似地從病床上爬下來，又爬上去。勝呂茫茫然地思考著：這間陰暗病房的臭味，如果人死亡有臭味的話，是否就是這種味道？

2

真的是大家都得死的時代！沒在醫院裡斷氣的，也會在每晚的空襲中死掉。

醫學院和醫院是建在距離市街約兩公里左右的鄉下地方，所以從未遭到敵機的直接轟炸。雖然還未遭到破壞，但說不定哪天也會遭到轟炸吧！醫院裡的木造的舊病房空著，鋼筋水泥的本部和病理學研究所的外層，都用瀝青油塗黑。

只要爬上本部的屋頂，就看得見F市市街 天比一天縮小。拿實際的情形而言，與其說是市街縮小，不如說是被燒燬的，像黃色沙漠的部分逐漸擴大。不管是有沒有風的日子，都會看到白色灰塵自沙漠部分捲起，那小小的龍捲風把從前鄉下出身的勝呂看得目瞪口呆的福屋百貨公司包住了。公司內部已全燒燬，只剩下空殼。

似乎已聽不到空襲警報和警戒警報的信號了。在灰色的、低矮的冬雲下，不斷傳來轟隆聲，偶爾夾雜著似豆莢裂開的噼啪聲。去年中州被燒燬了，醫院一帶也被夷為平地，患者和學生們鬧成一團；最近不管是哪個地方燒燬都不會有人談論，已經沒有人把死活擺在心上了。學生大部分都被送到街上的各救護所或工廠裡。實習醫生的勝呂，不久之後也要服短期兵役，不知會調到哪裡。

從醫學院的西邊看得到海。每次爬上屋頂，有時他看到的是藍得令人痛苦的海；有時是陰鬱而帶黑色的海。可是，只要眺望著海，勝呂就可以把戰爭、大病房的事，甚至於每天的飢餓感都忘掉。也不知道為什麼，海的各種顏色會讓他產生種種幻想。譬如：戰爭結束後，像老闆那樣渡海到德國留學；也和那兒的姑娘談戀愛。或者是比較平凡的，而不是實現不了的夢，譬如在某小鎮上開家小醫院，看鎮上的病人，如果能娶到當地仕紳的女兒那就更美了。這樣一來，也能夠照顧到住在絲島郡的父母親了。勝呂認為平凡是最大的幸福。

勝呂從學生時代起就跟戶田不同，對於小說和詩根本一竅不通，記得戶田教過他的一首詩。在海發出藍光的日子裡，那首詩很奇妙地浮現在他的腦海裡。

每當綿羊般的雲朵走過時
每當蒸氣般的雲層飄過時
天空喲　你撒落的是
白的　純白的　棉花的行列

「天空喲／你撒落的是／白的／純白的／棉花的行列」，不知為什麼勝呂只要吟哦這節詩句，眼淚就快掉下來。尤其是這陣子，開始對老太婆做手術的預備檢查後，他爬上屋頂眺望大海、心裡咀嚼著這首詩的次數增多了。

做整形手術之前，要先記錄患者的肉體情況。淺井助教命令勝呂做的就是這件工作。幾乎每隔一天他就把老太婆從大病房叫到檢查室，做心電圖、分析尿液，從瘦得只剩皮包骨的手臂上抽取血液。每當針插進手臂時，老太婆的身體就會抽搐一下。當她蹲在沒燒火的檢查室角落裡，把玻璃製的尿器放在大腿根部，就一直發抖。這個患者就只差還沒咳血。檢查完後竟有點發燒，這是以前少見的現象，可是儘管如此，她還是一心一意希望治好病吧？總是非常認真地照著他的話去做，勝呂看到她這樣了，不由得把視線移開。

「阿婆，妳為什麼答應動手術呢？」

「欸——」她無奈地想著，似乎連她自己也不知道為什麼答應。

「為什麼——答應呢？」

「柴田醫生啊！說這樣繼續下去是好不了的，勸我要動手術。」

大約一星期之後，檢查表慢慢完成了。她的肺活量比想像的要大，可是紅血球的數目減少，而且心臟衰竭。連勝呂也認為老太婆要是動手術，百分之九十會有生命危險。

「醫生，動過手術後，我的病是否就會好呢？」

被老太婆這麼一問，他不敢肯定一定有救，可是，要是不動手術，不出半年她一定會死。勝呂其實也不知道她的病該怎麼辦才好？他覺得可憐的是，這個女人反正不久就要死了，卻還免不了皮肉之苦。勝呂除了默默地眨眨眼睛外別無他法。

「她心臟衰弱得很。」他跑去跟淺井助教報告；淺井助教跟柴田副教授正喝著藥用葡萄酒。

「我認為動手術有點勉強。」

「我知道！」一兩杯葡萄酒下肚後，滿臉通紅的副教授，邊翻著勝呂帶來的檢查表邊回答。

「你用不著擔心，反正這次執刀的是我。而她又是免費治療的患者呀！」

「勝呂是負責這個患者的，所以才擔心吧？」淺井助教用他慣有的柔和聲調微笑著說。

「我以前也是這樣子。」

「我這次想在免費治療的患者身上做的實驗，」

柴田副教授搖搖晃晃地走近黑板，從診療服的口袋裡掏出粉筆來。

「不是傳統的修密特式整形手術。你念過柯利羅斯的論文嗎？」

「欸？」

「就是那種變形方法呀！你聽看看，先把上層肋骨的下方割得大大的，從第四根肋骨開始，然後第三根、第二根、第一根，這是柯利羅斯的方法。而我呢，注意到空洞的形狀和灌注支氣管的方向——」

勝呂行個禮走出房間。他把臉貼在走廊的窗上，不知為什麼覺得好疲倦，心情好沉重。醫院的老工友穿著長筒靴，正反覆地用鐵鍬翻著地面，把挖起來的黑土丟在一旁。他頭上方那株長滿樹瘤的白楊樹，樹枝隨風晃動。這時有一輛卡車揚起灰塵開往病理學研究所，卡車上有幾個穿著草綠色工作服的高個子男人，吊兒郎當地聚在一起。

卡車停在第二外科門口前，兩個腰間佩著手槍的士兵，敏捷地打開車門跳下車。跟他們敏捷的行動相比，穿著工作服的幾個傢伙上階梯的動作，慢得像是拖曳腳步。矮個子的兩個士兵站在他們旁邊，顯得他們太高了，勝呂一眼就看出是美國俘虜。

「第二外科那兒來了美國俘虜喲！」勝呂一回到第三研究室，馬上告訴正翻著抽屜的戶田。「是用卡車載來的。」「那也——沒什麼——稀奇的呀！上一次也來打過傷寒的預防注射。」

戶田把抽屜弄得喀嗒喀嗒地響，彷彿在說沒啥了不起。

「咦？我的聽診器——我的聽診器跑到哪裡去了呢？喂！你的先借我一下！」

「怎麼了？」

「又多了一個要動手術的患者，由我和淺井負責檢查。什麼？才不是老太婆！」戶田的嘴角露出從學生時代起就養成的習慣輕視對方似的微笑，壓低聲音說：「你，猜是誰？」

「我，不知道！」勝呂眨眨眼睛。

「是躺在單人病房的田部夫人呀！護士們說她是大杉院長的親戚，是那個太太呀！」

用不著解釋，勝呂也知道那個姓田部、既年輕又漂亮的患者。平常診療是從大病房開始，然後是二樓的二等病房，最後才輪到單人病房。老闆在單人病房的態度、診斷都變得誠懇、仔細，尤其是對那個年輕的太太更是細心。勝呂和護士們都看過病歷卡邊上，淺井助教加註的：「大杉醫學院院長親戚」。

田部夫人的病歷尚淺，右肺上葉有大豆般的空洞和幾處小浸潤部；可是，由於肋膜黏合不能打氣胸。她烏黑而柔細的長髮攤開在乾淨的枕巾上，常靜靜地仰臥著。似乎很喜歡看書，在光線充足的大窗下，並列著許多勝呂從沒讀過的文學作品。

她微敞開的胸前，肌膚美得讓人忘了她是病人。聽說丈夫是在海軍服役，被派到遠方了。或許因此，她那豐滿而堅挺的乳房上，乳頭像少女般小而紅。每天有女傭和像是她母親的婦人，用包袱巾帶食物來給她。她的世界一切都和大病房的患者不一樣。

「太太！會治得好的！」老闆每次收聽診器時都為她打氣。「我一定幫妳治好。不！這是我報答大杉老師的恩惠。」

她遲早非動手術不可，本來預定在秋天，為什麼突然改在二月呢？這又讓勝呂丈二金剛摸不著頭腦。上一次診療時，老闆是否因惦記著別事，要不然怎麼對這件事隻字未提呢？

「為什麼突然改變呢？」

「這就是癥結所在呀！還記得上次老闆診療時心不在焉嗎？就是為了這個手術呀！」

戶田從椅子上伸長身子往窗外看；第二外科門前，有兩個士兵雙手交叉在背後，像籠裡的動物來回踱著。白楊樹底下，穿著長筒靴的老人仍然揮動著鐵鍬。

「這次手術一定跟老闆的院長選舉有關係，這是我從旁觀察到的心得。」

他坐回椅子上，撕下舊袖珍德日辭典的一頁，把配給菸從桌上的罐子裡掏出來。

「老闆現在所能做的是，在四月之前以田部夫人的手術成績壯大聲勢。你也知道四月醫學院院長就要改選，而這個患者又是大杉院長的親戚！病灶是單肺的上葉，體力也還不差；因此，等到秋天還不如在這個月就動手術，那麼，到了四月就可以走動了。這麼一來，大杉門下的內科教授們就會對老闆投桃報李，選舉前的聲勢一定可以壓過第二外科和權藤教授了。你、懂了、嗎？」

戶田用力地緩緩說出「你懂了嗎？」幾個字，然後得意洋洋地吐了一口菸圈。

戶田是神戶某醫生的兒子，從學生時代起，就常連唬帶騙地告訴鄉下出身的勝呂，類似學院內複雜的人事和學閥的祕密。「把醫生看得太單純可是錯誤的耶——」勝呂眨眨眼睛，他的表情越悲傷，戶田的臉就越高興。「醫生呀！可不是什麼聖人！他們也想出人頭地，也想爬上教授的寶座。實驗新的方法，也不是試試猴子或狗就夠了呀！你要睜大眼睛看清這世界哦——」

「那——上頭是不是命令做手術前的檢查呢？」勝呂坐到椅子上，閉上眼睛。剛才在走廊上的疲倦感又來了。「我還是搞不懂！」

「搞不懂什麼呢？」

「柴田副教授拿老太婆當實驗品，還有老闆用田部夫人做為往上爬的墊腳石。」

「這不是理所當然的嗎？有什麼不好的？我才不懂你為什麼那麼護著老太婆呢？」戶田很高興地「欣賞」著滿臉困惑的勝呂。「咦？有什麼不好的呢？」

「我也說不上來，不過——」

「殺死患者也不是什麼嚴重的問題呀！自古以來醫生的世界，就是這麼一回事，醫術也因此而進步。何況，現在街上到處有人在空襲中被炸死，所以死掉一兩個人誰也不當一回事啊！老太婆她呀！與其在空襲中被炸死，還不如死在醫院裡更有意義，不是嗎？」

「有什麼意義呢？」勝呂困惑地喃喃自語著。

「這還用說嗎？老太婆要是在空襲中被炸死，頂多是屍體被丟到那珂川（河川名）裡罷了！可是，要是在手術中死掉，那真是為醫學而犧牲哦！老太婆要是想到由於自己的死，為將來許多雙肺有空洞的患者找出活路的話，也該瞑目的！」

「還是你厲害！」勝呂又深深地嘆口氣。「這種事我也懂；可是，懂歸懂，我是做不來的！」

「不厲害的話，怎麼活下去呢？」

戶口突然全身痙攣似地大笑起來，「傻蛋！在這種時代你還能有別的生存方法嗎？」

「是嗎？」

「我不知道。對了，快把聽診器借我！」

「就在……我的急救袋裡。」

勝呂走出房間，在風吹拂著的中庭，他茫茫然地看著腳穿長筒靴的老工人，揮動著鐵鍬。

「你是在挖防空壕嗎？」

「不是，是要把白楊樹挖掉。可是，要是嫌它長得太大，學校為什麼不找人把它鋸短呢？這我就不懂了！」

在第二外科的門口，剛才雙手交叉在背後、巡邏著的士兵已不見了，載俘虜來的卡車也不知開到哪裡去了？已恢復寂靜的本館，勝呂登上屋頂，發出一陣腳步聲。

眼下是醫學部廣闊的建築用地。右邊是傳染病研究所和第一內科教室，在用瀝青油塗黑的病理學研究所和圖書館之間，排列著幾棟木造病房。灰煙從消毒室的煙囪裊裊上升。他心想：醫院有幾百個患者呢？有多少護士和職員呢？在建築物和建築物之間彷彿都有勝呂無法理解的齒輪轉動著。不想它了！再想，也於事無補呀！

海，今天黝黑得很。黃色的灰塵又在F市街上捲起，弄髒了灰雲和太陽。對勝呂來說，戰爭不管輸贏都無所謂了。一想到戰爭就讓人身心俱疲。

3

「彌勒佛經過了五十六億七千萬年，這次對信仰虔誠的人，開啟心中的明燈……」

「不用坐起來，妳還是靜靜地躺著吧！」

勝呂診察時，老太婆閉著眼睛聽著隔壁的阿部蜜在吟詩。蜜不是免費治療的患者，年齡和老太婆相近，床鋪就在斜對面；兩人小聲地交談著。

「是妳作的詩？」

「不，是親鸞作的詩。」阿部蜜用下巴指著老太婆說。「是她呀！要我唸佛經給她聽的呀！」

「請您唸一下！」

「好！」蜜把已經收到套子裡的眼鏡重新戴到臉上坐了起來，把封面已破損的小冊子捧到眼睛的高度。

「有一天釋迦……去探望一個學生的病……那學生很痛苦，連大小便都無法自行處理。……釋迦……醫生！這是什麼字？」

「不是誠字嗎。這是小孩看的書？」

「是的。是那邊病床的人借給我的。很誠懇地去探病——釋迦問他：你健康的時候，探望過生病的朋友嗎？你現在孤獨地受苦……是因為你平常……當別人生病時……從不探望的緣故。你……現在受著肉體的病痛……可是你還有三世都好不了的心病……」

蜜小聲地、結結巴巴地唸著，老太婆一直閉著雙眼。黃色芋頭皮黏在上面的鋁製食器掉落在地板上；周圍的患者仍然靜靜地專心聽著。

「這就是說啊——佛的意思是：要治好疾病呀，不換心是不行的。」

對朋友得意的解釋，老太婆像小孩子似地點了好幾次頭。勝呂把聽診器放進口袋裡，忖度著怎麼把那件事對她說開才好。

「她呀——」蜜轉向勝呂說。「手術前有點頹喪。不過，為了想和兒子見面，還是堅持動手術。」

「歐巴桑有孩子？」

「是呀！她的孩子打仗去了。」

阿部蜜爬下病床，從放在地板上的行李中翻出摺疊得整整齊齊的國旗。而，在廉價的白布上留下了黃色的痕跡。

「請大病房的病患簽的；醫生！請您也為她兒子寫些什麼吧！」

「哦！」

勝呂接過旗子拿在手上，預定動手術的日子對老太婆更說不出口了。手術的日子是今早宣布的。下星期五田部夫人的手術，由老闆執刀；再過一個星期，老太婆的手術由柴田副教授負責。勝呂和戶田都被指派為兩個手術的助手。

手術的日期一旦決定，患者的心理就開始不平衡；會想像開刀時的痛苦，還有肋骨折斷時的清脆聲……等等。這一個禮拜的痛苦，會作別的患者，勝呂可能會把日期告訴他；可是，他沒有勇氣告訴這個幾乎注定會死的女人。

回到冷冷清清的研究室，他把試管和鉗子推開，把阿部蜜託他的國旗在桌上攤開。勝呂不知該寫些什麼才好，在廉價的質料上，排列著幾個大病房患者們簽的字。勝呂心想：當這面旗子交到她名叫義清的兒子手上時，老太婆或許已是黃泉路上的人了！不抽菸的他，也從戶田的抽屜裡拿出一根，點上火，經過幾番思考，最後他寫下「必勝」這兩個常見的字。

另一方面，戶田好像要證明自己的想像沒錯似的，細心而確實地做好田部夫人的預備檢查。戶田倒還無所謂，可是對淺井助教而言，這次手術成功與否卻關係到他在第一外科的前途，因此更為努力。淺井擔心一兩年內，那些服短期兵役的同事們回到研究室來；因此在這之前，非讓老闆增加對自己的信任不可。能否爬上講師的位置，完全看是否受到主任教授的青睞而定了。

可是柴田副教授——這當然也是戶田的解釋——似乎嫉妒著老闆的出人頭地。他不是老闆栽培出來的，而是前第一外科主任——垣下教授的學生。

主任教授的診療規定是一週兩次，不過手術前的一星期，老闆幾乎每天都來診療田部夫人。

「秋天就可以出院了！」勝呂把淺井助教交給他的胸部掃描片朝著窗戶，邊看片子邊對患者點頭說，「出院後，到鄉下靜養個半年就行了。明年正月就可以完全康復了。」是否四月的選舉重新燃起希望？這陣子老闆的神態又充滿信心，兩手插在潔白的診療服口袋裡，嘴裡叼著菸，帶著大夥兒在走廊上邁開步子。那稍向前傾、充滿著沉思味道的姿勢，讓鄉下出身的勝呂感覺到名副其實的教授樣子。在大場護士長和戶田背後拖曳著軍靴的勝呂，從老闆身上再次感受到一如往昔的憧憬與神祕的尊敬。

「醫生！這個孩子的手術沒有問題吧？」

這陣子，穿著黑色工作服、氣質高雅的婦人，一直在病房裡照顧著女兒。田部夫人撐起上半身坐在病床上，微笑著用右手拉好睡袍的衣襟，撥開散在臉頰上的頭髮。

「擔什麼心呢？手術是在麻醉下進行的。當天晚上可能會有一些疼痛，還有口會覺得很乾；只要忍耐個兩三天就好了。」

「危險性——」當微蹙著眉的母親這麼一說，淺井助教馬上以像女人的甜美聲笑著說：「橋本教授的技術和我們的努力都被您看輕了！」

他說的可是實話。從田部夫人的營養、心臟情況、血液和病灶的位置，都是動手術的最佳狀況！甚至連只當過一次手術助手的勝呂，都覺得這次若由自己執刀，也一樣會成功的。

當老闆把聽診器放到她豐滿而堅挺的胸部聽心跳時，勝呂不知為什麼感到有些嫉妒。他不知道，那到底是針對這位美人的丈夫呢？或者是對自己注定得不到的幸福？還是單純地為躺在這陰暗大病房的患者們不平呢？

終於到了星期四晚上。手術的前一夜，護士要用酒精擦拭患者的身體和剃體毛。勝呂、戶田和大場護士長在研究室內，重新整理手術時所需的片子，一直到很晚。當勝呂離開醫學院，走到漆黑的外頭，正打算回到約十分鐘路程的住處時，聽到一陣車聲由遠而近。

車子從身旁經過時，看到車內昏暗的燈光下，權藤教授貼在窗上的臉，一閃而過。他的旁邊坐著一位長下巴、微胖的軍官，兩手按在腰際的刀柄上。不知為什麼，勝呂覺得那時權藤教授的臉上，有著一層從未見過的污穢而孤獨的陰影。

「老闆會贏吧！」他想到跟自己無關的、這些教授的明爭暗鬥，明天是一道關卡，感到好興奮。

星期五早上十點，淺井助教、戶田和勝呂穿著手術用拖鞋，在塑膠圍裙上套著白色衣服，在手術室外待命等患者被送來。天空陰沉沉的。手術室位在二樓病房的角落，因此看不到外來患者和護士。整個走廊上就只有昏暗的燈光亮著。

沒多久，走廊的後面傳來車輪轉動的咯吱聲。載著田部夫人的推床，由她母親和護士慢慢推過來。

躺在推床上的田部夫人，頭髮散亂、臉上毫無血色，是因為在病房裡打了邦斯可的麻醉藥？還是對手術的恐懼呢？

「要堅強呀！」隨著推動的逐漸加快，母親小跑步了起來。

「媽媽在這兒呢！妳姊姊也馬上就趕來了。手術很快就會結束的。」

全身軟弱無力的患者，睜開鳥也似的白眼，似乎在喃喃自語；可是聽不清說些什麼？

「醫生，」母親又叫了，「會處理得很好的，別害怕！」

大場護士長繞到手已用酒精消毒過的老闆背後，幫他把手術衣的帶子打結，然後像母親照顧個子高過自己的兒子似的，把類似土耳其帽的白色帽戴到他頭上。另外一位護士拿出裝著刷膠手套和絨毛手套的金屬箱子。於是老闆變成可怕的、有著像「能面」面孔的白色木偶。

手術中必須保持二十度的溫度，所以手術室早就相當熱了。用來沖洗髒物和血水的自來水，在地板上發出輕細的流水聲。另在天花板上的大無影燈的亮光，反射在水面上，使整個手術室明亮得如同燃燒著的白色火焰。淺井助教和護士們，就像水中的海草搖曳著。戶田在檢查抬高患者肩胛骨的牽引器。

兩個護士把裸體的田部夫人摺疊似地抬上手術檯。手術檯旁邊，老闆嫻熟地把放在玻璃桌上鎳盆裡的工具依序排好，骨膜剝離刀（elevatrium）和肋骨刀、小鉗子等互相碰撞發出來卡鏘、卡鏘的尖銳聲傳入田部夫人耳中的一剎那，她的身體震顫了一下；不過，馬上又疲倦地閉上眼睛。

「太太，手術不會痛的。」淺井助教又用甜美的語調說。「我們會打很多麻醉藥的。」

「那邊準備好了嗎？」老闆的聲音雖然很低，手術室的壁上發出回音。

「好了！」

「血壓計、灌注器（irrigator）都準備完畢。」助教回答。

「那麼我們開始了！」

大家對著患者和老闆輕輕地點頭，沉默在房內擴散開來。這期間，只有大場護士長用小鉗子夾起浸了碘酒的棉花，擦著夫人潔白的背部。

「手術刀！」

老闆的身體稍微向前傾，戴手套的右手大把抓住遞過來的電手術刀。勝呂聽到「啊」的聲音，是肌肉觸電裂開的燒焦聲。

瞬間，「巴」的一聲現出白色的脂肪線，緊接著噴出紫黑色的血。淺井助教敏捷地用有鉤的止血鉗夾住血管，發出巴奇巴奇的聲響，勝呂再用絹絲把每一根血管綁起來。

「骨膜剝離刀！」老闆叫著。「輸血呢？」田部夫人白色的腳上插著灌注器的針。勝呂檢查瓶中混合著強心劑、維他命、葡萄糖液和腎上腺素等的液體，確實通過塑膠管流入患者體內無誤後回答：

「正常。」

「血壓呢？」

「沒問題。」護士回答。

過了好久。

田部夫人突然開始呻吟了。麻醉劑方面除了邦斯可外還打了普魯卡因（procaine）；不過患者似乎還有些意識。

「媽媽！我好難過！呼吸好困難！」

「骨膜剝離完畢。肋骨刀！」

骨膜一剝開，馬上露出幾根白色的肋骨。老闆用肋骨刀——類似剪樹枝的剪刀——用力夾住肋骨。

「唔姆——」

口罩下發出使力的聲音。形如鹿角的第四根肋骨被擰下來了，放入器皿中發出細微的乾燥響聲。

這時，保護胸壁和內胸的組織，受到下邊肺部的壓力，有如紅色氣球浮上來。

寂靜的手術室裡，老闆用力時發出的「唔姆」聲音，還有骨折時的鈍重聲，以及肋骨放入器皿中所發出的乾燥聲，一直迴響著。老闆的額頭上又出汗了，護士長好幾次踮起腳跟幫他擦汗。

「輸血呢？」

「正常！」

「脈搏呢？血壓呢？」

「沒問題！」

「好！準備切第一肋骨！」老闆嘟囔著。

終於輪到整形手術中最危險的部位。

勝呂發現田部夫人的血液突然變成紫黑色的瞬間，有種不祥的預感浮上腦海。可是，老闆還默默地切著僧帽筋；檢查血壓的護士沒說什麼，淺井助教也無言。

「切除剪。」

老闆叫著；那時，他的身體似乎微微顫抖。

「灌注器沒問題嗎？」

他已察覺到異狀了！血液變成紫黑色，表示患者的情況有異。是不是出血過多？勝呂看到老闆的臉上，由於流汗好像抹了一層蠟，泛著亮光。

「有異狀？」

「血壓……」年輕護士突然發出驚慌聲。「血壓下降了！」

「趕快……」淺井助教歇斯底里地叫著。「裝上氧氣罩！」

「汗！汗跑進眼睛裡！」老闆身體搖晃著。護士長顫抖的手，拿起紗布擦拭他額頭上的汗。

「紗布，快！」

用紗布擦血、止血，可是，出血仍然不止。老闆的手動得更快了！

「紗布……紗布……血壓呢？」

「還繼續下降。」

老闆因痛苦而扭曲的臉轉過來，他的臉就像要哭出來的小孩一樣！

「血壓呢？」

「不行了！」淺井助教回答。他早就把口罩扔掉了。

「死了……」

負責脈搏的護士長，無力地說。

她的手一放開，被切得像石榴的屍體上滿是血跡，手臂無力地垂落在手術檯的邊緣。老闆茫然地站著。沒有人開口說話，地板上的流水反射出無影燈的光，同時發出輕細的水聲。

「老師！」淺井助教小聲地叫著。「老師！」

老闆抬起頭看他，臉上一片空虛。

「不善後處理……」

「善後處理？……是啊……是需要善後處理。」

「怎麼辦？反正先縫起來再說吧！」田部夫人的臉上，凹下的眼睛睜得大大的，像白癡般張開的嘴裡，露出紅色的舌頭，凝視著。屍體的眼睛睜得大大的，顯示手術中極為痛苦。她的腹部、手臂上、臉上濺得滿是血跡。

勝呂宛如虛脫般蹲下來，腦中深處不斷地聽到如鉛罐碰到玻璃的聲音。他想吐，頻頻用手揉眼睛，擦拭額頭上的汗水。

淺井助教代替老闆把切開的屍體像棉被似地縫起來。護士長開始用酒精擦拭屍體。

「用繃帶包紮起來。」淺井助教尖聲說。

「用繃帶把全身包紮起來！」

老闆頹然坐到椅子上，茫茫然地注視著地板上的一點。手術房內物品的碰撞聲和淺井助教的聲音，似乎都沒聽進耳裡。

「把患者的屍體送到病房去。手術的一切經過都不准對死者的家屬說！」

淺井助教用沙啞的聲音說完後，環顧大家。每個人都面帶驚慌，背向牆壁而立。

「回到病房後，馬上打點滴。其餘，手術後的治療照常處理。患者還沒死，是明天早上才死的。」

那聲音，不是淺井助教平常在研究室中嬌甜的聲音；無框眼鏡滑落到他汗濕了的鼻尖上。

把屍體搬上推床，蓋上白布後，年輕的護士長搖搖晃晃地推走了。她似乎連推的力量都沒有了。

走廊上，田部夫人的母親和似乎是她姊姊的婦人帶著蒼白的臉色跑過來了。

「手術順利完成了！」淺井助教極力裝得平靜，發出苦澀的微笑；可是他的聲音是沙啞的。大場護士長為了擋住家屬靠近推床，也加入行列。

「不過——今天晚上是危險期。為了慎重起見，到後天為止禁止會客。」

「包括我們在內？」像是她姊姊的婦人，責備似地說。

「很抱歉！不過，這是沒辦法的。今天晚上護士長和我會徹夜照顧的，你們請放心吧！」

病房的門開著。剛剛量血壓的年輕護士哭喪著臉跑過來，淺井助教命令她表演的戲她不知該如何演出。

大場護士長在門口接過注射盒子，只有她像能面似地毫無表情。由於多年經驗，只有她臨危不亂，知道這時候該如何處理！淺井助教已在病房裡等候。

勝呂臉貼在走廊的玻璃窗上，一臉茫然的樣子，淺井命令他說：「你，你在這兒盯著，不要讓祕密洩漏出去！」當田部夫人的家屬想過來時，被戶田在走廊的轉角處擋住了。

「可是……」

「太太！」

傳來戶田的叫聲。

「怎麼了？」

當勝呂頭一抬起來，看到柴田副教授兩手插在診療服的口袋望著他的臉。

「手術成功了嗎？」

勝呂搖搖頭，那一瞬間，副教授削瘦的臉頰上，緩緩地浮現出輕蔑的笑容。

「死了啊？這也是沒辦法的！是什麼時候呢？」

「切第一根肋骨時！」勝呂喘著氣回答。

「哦！老闆年紀也大了！」

勝呂轉身走進病房。向回過頭來的助教匆匆點個頭，把插在屍體腳上的林格氏針拔出來拿在手裡。

「這是什麼意思？這是什麼意思？」腦中好像鐘擺走動的聲音迴旋著，「什麼意思？什麼意思？什麼意思？」

戶田靠過來，他默默地從假象牙的盒子裡拿出捲菸遞給勝呂，勝呂無力地搖搖手拒絕了。

「我們演了一齣喜劇！」戶田瞄了一下病房，把香菸拿到嘴裡，他的手顫抖著。

「真的是——演了一齣喜劇！」

「演了喜劇？」

「是呀！也虧淺井助教腦筋動得快！患者要是在手術中死掉，老闆就得負全部責任。可是，如果是手術後才死，那就不是執刀者的過錯了！這樣選舉時不就可以提出辯解嗎？」

勝呂轉過身，走到走廊。

「到底是怎麼一回事呢？」在灰色陰影籠罩下的走廊上，患者的家屬問他，勝呂一言不發走下樓梯。

黃昏的醫院外頭，騎著腳踏車的護士從他身邊經過。「坂田小姐！」有人從病房的窗戶叫她，是她的朋友吧？乳白色的煙從消毒室的煙囪吐出，裊裊升空；白楊樹下，老人仍然揮動著鐵鍬。勝呂看到這些每天一成不變的黃昏景色突然想笑，可是，自己也不知道有什麼好笑。

4

儘管當事者極力掩飾手術的失敗，可是消息仍像滲到地面上的污水般在教室中、病房裡擴散開來。在護理室及研究室裡，只要有兩三個人聚在一起，一定以此為唯一的談論話題。田部家礙著是大杉院長親戚的這層關係，表面上沒有提出抗議；可是受到已故院長栽培的內科教授們，在背後攻擊第一外科不聽內科的意見，硬把手術提前。總之，由於手術的失敗，在未來的院長選舉中，老闆被推薦的希望幾乎是零。

這件事對現在的勝呂而言，根本無關緊要。這陣子精神不好，身體也倦怠無力，對工作和臨床實驗以及對醫院本身，不再充滿熱忱和關懷了。

在田部夫人死去的第二天，柴田副教授突然想起似地說，老太婆的手術要延後兩三個月。「要是連續兩次手術都失敗，會把第一外科的招牌砸掉呀！」副教授削瘦的臉頰扭曲笑著；勝呂彷彿聽著來自遙遠世界的事。他沒心情通知老太婆，也沒有因此而感到高興。

在冬陽殘照的中庭，他看著工人揮動鐵鍬，心想：這老人到底要挖到什麼時候呢？想來老人在這裡已經挖了兩星期。彷彿那下令挖掉白楊樹的，如同在這時代裡進行復仇般，挖了又埋，埋了又挖。

「以後怎麼辦？」勝呂有時這樣想。「這就是醫生嗎？就是所謂的醫學嗎？」他覺得連想這事都很累，再怎麼想也明白不了……反正服短期兵役的日子已迫在眉睫，現在這些都無所謂了。

這種白色的空虛，也有變成黑色憤怒的時候，勝呂對老太婆發脾氣，也是受到這種心情的影響。

那天，他臨床時悄悄地把藥用葡萄糖塊放在老太婆的枕邊。阿部蜜瞥見了，卻故意裝作不知道；以前勝呂也常給這個免費治療的患者葡萄糖。第二天，他偶然到大病房，發現老太婆把瘦小的手放在臉上睡著了，而給她的黃色糖塊卻掉落在地板上。

真是太浪費了！是不是以為只要向我要，就一定能要到？當勝呂知道他給的葡萄糖，是老太婆拿來和其他患者交換食糧的貴重物資時，勝呂更加不高興。

當天下午，為所有大病房的患者檢查血清，在檢查室看到了蜜，卻不見老太婆。

「老太婆呢？」

「她說身體不舒服。」

勝呂跑到空蕩蕩的大病房一看，棉被也沒整理，老太婆一個人坐在床上，背向他，兩手捧著葡萄糖像老鼠那樣啃著。勝呂看到她這種卑賤的樣子和凌亂的黃髮，有股難以言喻的輕視念頭萌生。

「妳為什麼不來檢查？」

「嘿——」老太婆雙手摀住嘴巴，沒有回答。

「我要妳來，為什麼不來？」

勝呂不由得怒火上升，粗暴地拉她的手；老太婆倒在骯髒的棉被上。他在那懼怕的臉上順勢打了一巴掌。

老闆最近都不到研究室來了。每週兩次的診療，都由柴田副教授代替。田部夫人以前睡過的病床，床墊被扯下丟在地板上；還散落著兩三張沾有泥腳印的報紙。

手術失敗後，老闆不露面，研究室、護理室和病房，一切都變得散漫而雜亂。歐巴桑也偷懶了，破窗戶上、走廊上都蒙上一層厚厚的白色塵埃；連患者也不安分守己了。

「日本已經搖搖欲墜了，第一外科也朝不保夕了！」戶田在沒有火爐取暖的房間裡踱步，自嘲地說。「要爛就讓它爛吧！你也趕快去當見習醫官，離開這種地方吧！」

「真的要爛就讓它爛嗎？」勝呂眨眨眼睛，「我，無所謂，倒是你自己，為什麼不志願去服短期兵役呢？」

醫學院的研究員要是志願服短期兵役，接受短期的訓練之後，就可以當見習醫官了。

「你說誰——我？」戶田嘴角又浮現出那慣有的輕蔑微笑。「我才不幹呢！」

「那你是甘心去當二等兵了？」

「到時候再說吧！反正死在軍隊裡也無所謂呀！」

「怎麼說呢？」

「反正都一樣嘛！這是大家都得死的時代！」

那陣子，勝呂再一次在第二外科的門口看到卡車載來美國俘虜；跟上次一樣，兩個年輕士兵腰間插著手槍站在車門旁。勝呂經過時，俘虜們正一手拿著番薯邊啃邊上卡車。他們穿著比自己身材更寬更長的鬆垮垮的工作服，其中一個還拄著枴杖。

跟以前不同的是，他對俘虜已失去興趣和好奇心了。有蓄著褐色鬍子的，也有娃娃臉的年輕人。勝呂對這些男人已沒有同情、憐憫，也沒有敵意和憎恨，如同平常在馬路上擦身而過，連對方臉形都不記得的陌生人一樣，他們是俘虜，而自己不是，可是兩者之間到底有何不同？勝呂也懶得去分辨了。

看到俘虜後大約一星期的某天過午時刻，F市發生許久未有的長時間空襲。敵機數量比往常多，醫院裡的患者，能走的就自己走，走不動的用擔架抬到地下室避難。醫學院雖然距離F市有兩里之遠，窗戶仍被震得喀喀作響，還聽得到高射砲「砰、砰」的爆炸聲。B29型飛機在灰色的雲層裡發出低沉的吼聲，一直盤旋不去。

到了傍晚，敵機好不容易飛回南方的海上。爬上屋頂看到F市的四面八方都冒出白煙，福屋百貨公司也被炸毀了；當煙較淡時，搖曳的橙色火焰清晰可見。

許是火焰和煙招過來的？黑色大雲團從東邊的地平線逐漸擁過來，夾雜著煙灰的冷雨整整下了一晚。大病房的患者們，每人特別分配到從軍隊撥過來的五個硬而小的麵包。那晚，勝呂值班沒回住處；用毛毯裹著打了綁腿的腳，趴在研究室的桌上睡著了。

在天色昏暗的大清晨，勝呂被護士叫醒；是老太婆死了。他趕到大病房一看，她的病床旁點著一根蠟燭，蜜在昏暗的燭光前孤立著。其他的患者是不知道呢？或者是知道了也漠不關心，仍然蒙頭大睡。

勝呂用手電筒一照，看到老太婆是臉朝側邊斷氣的。口水從張開的嘴裡流出，左拳還握得緊緊的；硬把她的手指一掰開，昨晚分配的，硬得像小石頭的麵包掉了下來。看到這幅景象，勝呂想起上一次發現老太婆躲在大病房，用門牙啃葡萄糖而打她一巴掌的事，感到好難過。

「那面旗子是否已送到她兒子手上了呢？」蜜喃喃自語。

還記得他在那面旗子上寫下「必勝」那兩字時，已有了預感；不過當時的預感是她會因手術而死，而不是這樣的自然死亡。是空襲的驚嚇和一整晚的冷雨結束了她的生命。

第二天，雨仍然繼續下著。不知是否因為感冒的關係，勝呂覺得頭好痛。老太婆的屍體是找上次在中庭挖土的老工友裝箱的，勝呂把臉貼在研究室的窗上，目送著工人和老工友淋著雨把箱子運走。

「埋在哪裡呢？」

「不知道！這樣一來你的迷惑不也消失了嗎？」戶田在身後說。

「一切的執著都從迷惑產生的呀！」

勝呂心想：為什麼長久以來自己只對那老太婆那麼關心呢？現在他終於明白了——這是

如戶田所說的，是大家都得死的時代，而自己卻希望至少讓一個人不死，那就是我的第一個患者。在雨中，被裝箱運走了。勝呂心想從今天起，戰爭、日本、還有自己……一切事物就順其自然吧！

5

勝呂感冒了，或許是因為老太婆死的那個晚上，睡在研究室的關係吧？似乎還有點發燒呢！全身慵懶無力，和戶田並桌工作時，感到頭痛、想嘔吐。

「不會是被老太婆的結核病傳染到了吧！看，你的臉色好難看呀！」戶田說。聽他這麼一說，勝呂跑去照鏡子，鏡中的臉，黑中帶青。眼睛混濁無神。

「柴田副教授有事找你們！」在這樣的日子裡，有一天護士從門口探出頭來說；是動手術那天負責血壓的護士。

「欸！是現在嗎？」

「是！他說是現在。」

「我——現在頭好痛呀！」

勝呂強忍著不舒服，走進柴田副教授的第一研究室。在柴田副教授和淺井助教的旁邊，坐著一個紅光滿面的胖醫官。醫官瞄了勝呂等人一眼，只說：

「那就不打擾了。」

然後離開研究室。

火爐裡銀色的木炭吐出藍色的火焰。桌上有個菸盒，和留有藥用葡萄酒餘滴的碗。

「請坐！這是剛才那位醫官忘記帶去的譽牌香菸。」

副教授把旋轉椅弄出軋軋聲，兩腳在前方搖晃著。

「戶田、勝呂，拿去抽吧！」

淺井助教站起來，轉過身子，背對著往窗外看。戶田和勝呂都知道他們兩人有話要說，正在找機會打開話題。

「戶田的研究題目是『空洞誘導療法』吧！」副教授在瘦削的臉頰上勉強擠出笑容。

「進行得順利嗎？現在這題目很棘手吧！除了莫那魯提氏理論之外，收集到新的文獻了嗎？」

戶田沒有回答，從譽牌菸盒裡拿出一根菸，點上火，譽牌香菸特殊的臭味混合著炭火的臭味，勝呂覺得胸口好難過。

「勝呂君，我輸了！」

「咦？」

勝呂強忍著不舒服和頭痛，勉強回答。

「您是指什麼呢？」

「大病房的那個患者讓她先死掉了，本來我還想拿來做新的實驗呢？」

「好像到口的肥肉又飛了！」戶田諷刺著。

「不！聽說滋味跟失戀一樣，是不是，副教授？」望著窗外的淺井助教，用像女性的聲音幫腔。

「有屁還不快放?!」勝呂對炭火的臭味，強忍著不吐出來，心裡嘀咕著；可是，副教授仍然低著頭，慢條斯理地把茶碗放在手掌上把玩。

「這件事真不好開口呀！不過，或許明天老闆會宣布吧！其實……」他總算談到正題了。「其實，是否讓你們參加，我們已討論過好久了。」

說到這裡他又閉上嘴，拿起碗又放在手掌上轉。勝呂用手擦掉額頭上滲出的汗。木炭的藍色火焰熾烈，散發出腐魚般的臭味。

「其實這是很難得的機會呀！在某種意義上，對醫學研究者而言，是最企盼的機會啊……」

他每轉動碗時，缺油的旋轉椅就發出軋軋聲。

「而且，我想你們自己心裡也有數吧！自從那次手術失敗之後，老闆的氣勢整個都被權藤教授的第二外科壓過去了，我們可藉此機會和他們合作，而且，和西部軍的醫官打交道也應該不是件壞事——我們也沒有必要去拒絕他們出自善意的請求，破壞彼此間的感情……。當然，要是你們不願意那也沒辦法。不過，聽說權藤教授那邊也有五個人參加；而我們這邊是老闆、我跟淺井三個，再加上你們兩個剛好也五個。」

「是動手術嗎？」戶田問。「老師要我們加入？」

「這不是強迫的。不過，要是你們不願意也希望絕對保密！」

「做什麼呢？」

「是拿美國俘虜做人體解剖的實驗！」

黑暗中，他睜開眼睛，傳來遠處的海浪聲。海，似乎掀起黑色的浪潮衝向岸邊，然後又帶著黑色的浪潮退回去了。

午夜夢迴時，勝呂心想：我為什麼被說服參加這次的解剖呢？不，不是被說服。那天下午在柴田副教授研究室那兒，想拒絕也拒絕得了的，默默地答應下來是被戶田拖下水的？還是因為那天頭痛和想嘔吐的關係？或者是炭火發出的藍色火焰，加上戶田抽的菸臭味所以腦筋不清？「勝呂，你決定怎麼樣呢？」淺井助教無框的眼鏡反射出亮光，把臉靠過來問他，後來又回到研究室的矮胖醫官也笑著說：

「真的，這是自由參加。那些傢伙根本就是亂轟炸，既然西部軍已經決定要槍殺他們，所以在哪裡被殺都一樣。用乙醚麻醉他們，就像睡覺時死掉一般。」

怎麼樣都無所謂。我答應參加解剖，或許是因為那藍白色的炭火在作祟；或許是由於戶田的香菸在作怪；隨便怎麼樣都無所謂，不再想它了。睡覺吧！多想也沒用，這世界光靠我一個人是起不了作用的！

勝呂睡了又醒，醒了卻昏昏沉沉的；最後還是睡著了。夢中，他看到自己像碎片似地被黑色的大海吞噬。

從那天之後，戶田和勝呂即使在研究室碰頭也避開彼此的目光。兩人的話題只要稍微沾到那件事的邊緣，就一定會有一方趕緊轉移話題；彼此都不說出自己答應副教授的真正原因。話題一談完，他們又恢復僵硬的表情默默地工作。

解剖的前一天，淺井助教偷偷地把解剖預定表交給他們兩人。實驗使用三名俘虜由第一外科負責解剖。

解剖和實驗的過程如下：

一、在第一個俘虜的血液裡注入生理食鹽水，試驗到死亡為止的最大量。

二、在第二個俘虜的血管中打入空氣，試驗到死亡為止的空氣量。

三、切除第三個俘虜的肺，試驗到死亡為止支氣管斷裂的極限。

執刀者：橋本教授、柴田副教授

第一助手：淺井宏。

第二助手：戶田剛。

第三助手：勝呂二郎。

對第一個俘虜所做的實驗，是戰爭醫學所不可或缺的。通常，代替血液的生理食鹽水，是蒸餾水一百與食鹽百分之〇．八五混合而成的。對於需要輸血的患者，到底可以注入多少代用血液呢？以人體而言，至今仍然不明。一般認為兩千到三千C.C.還不成問題，再多就不知是否可行。

對第二個俘虜所做的實驗，是把空氣打入血管。在兔子身上只要打入五C.C.的空氣馬上死掉，而人體呢？

對第三個俘虜所做的實驗，是肺部外科醫生一直急欲得知的問題，比整形手術更理想的是肺的切除療法，雖然已有東北帝大的關口博士和大阪帝大的小澤教授實驗過，但問題之一是支氣管的尖端到底可以切掉多少呢？

勝呂看了預定表，直覺認為第一和第二項實驗，應該是柴田副教授提議的。他眨著眼睛，腦海裡又浮現出副教授瘦削的臉。

進行實驗的前一晚，勝呂沒有特別理由開始整理他的抽屜和桌上的東西。戶田抽著菸看著他整理。

「我，要回去了！」勝呂說。

「噢——」

戶田空虛的聲音回答。

「再見！」

「等等……」

突然，戶田叫住走向門口的勝呂。

「什麼事？」

「你先坐下吧！」

勝呂坐下來沒說什麼。覺得要是說出的一切都是謊言，還會惹戶田嘲笑。

「香——菸！」

戶田遞過來賽璐珞的盒子，向勝呂推銷自己捲得並不細緻的香菸。勝呂拿了一根，望著火很容易熄滅的火絨，默默地。

「你啊！也真是阿呆一個。」

戶田小聲地說。

「哦！」

「想拒絕的話還有機會呀！」

「嗯！」

「不想拒絕嗎？」

「嗯！」

「到底有沒有神？」

「神？」

「是呀！說來荒誕；人，無論如何是逃脫不了命運──那推著自己的東西──的擺弄；而能讓自己從命運中獲得自由的就是神吧！」

「這我就不懂了！」勝呂把火已熄滅的香菸收到桌上回答著。

「對我來說，有沒有神都無所謂。」

「話雖這麼說，或許老太婆對你而言，也是一種神的存在呀！」

「噢──」

他站起身來拿著急救袋走出去，戶田沒再叫住他。

第二章　受裁判的眾人

1　護士

由於家庭的關係，我二十五歲時好不容易才從F市的護校畢業到醫大附屬醫院工作。那年夏天，我認識了因割盲腸而住院的丈夫。

我現在很想忘掉他，而且我和他的婚姻生活除了一件事之外跟這手記全無關係，所以我不準備詳細描述。留在我底記憶中的那個男人穿著皺皺的襯衫和鬆垮垮的褲子，躺在殘暑的陽光照射的二樓病房。他個子矮小、小腹突出，怕熱，而且容易出汗；因此幫他擦汗就成了我身為護士的工作之一。那時候，我對這眼小如象、常睡眼惺忪的他，並沒有特別的興趣與好奇。

有一天，他突然把臉埋在我的腹部，緊握著我的手。

至今我仍不明白，那時的我為什麼會答應呢？或許是因為驟然浮現腦海的，已過了二十五歲的適婚年齡，而且他又是滿洲鐵路的職員吧！此外，還有一個難以啟口的原因是，那時候我好想生孩子。雖然還沒到只要是男的就願意的地步；不過，我覺得能為他生個男孩也不錯。

蟬在病房前邊叫得好聒噪；他的手心濕黏黏的。

由於夫家在大阪，因此婚禮就在藥院町的我哥哥家舉行。我還清楚記得，他穿著租來的短禮服。典禮中我不斷用右手擦他脖子上的汗。婚禮結束後，我們即刻從下關搭船到大連。因為丈夫從滿鐵的F市辦事處被調回大連的總公司。

我們搭乘綠丸號船，三等艙中擠滿了滿洲開拓團的人，瀰漫著從廚房飄來的魚油和醃漬物的臭味。

對最遠只到過下關的我而言，對搭船渡海以及到陌生的關東州殖民地，感到極度不安。躺在鋪著鑲邊蓆子的床上輾轉反側，看到那些開拓團團員把行李和舊旅行箱隨便一丟就呼呼大睡的情形，彷彿連自己也是離開內地要到遠處生活似的。晚上，他們大聲合唱著軍歌，丈夫還想碰因暈船而難過的我的身體。

「討厭！滾開。」我顧慮到旁邊有人。把他肥胖的身體推開。「都是你堅持要搭這勞什子的三等艙，回程的船費公司不是會付嗎？」

「到了大連之後，還有很多東西要添購呀！不節省怎麼行呢？」

他那如象眼的小眼睛，瞇得更細；眼光彷彿舔著我身子似地說：「想吐嗎？不會是有了吧！沒那麼快吧……」我整天從船艙的圓窗望著東中國海黑色的海面上浮下沉、左傾右斜，我茫茫然看著海的動靜，心想，難道這就是我們的婚姻生活嗎？

第四天早上，抵達大連。雨打濕了煤炭倉庫的屋頂。港口那些骨瘦如柴的中國苦力們，扛著和身體不成比例的大豆袋上船；不時還得被腰間插著手槍的士兵怒吼著。「那些傢伙，連鋼琴也是兩個人抬！」丈夫在把臉靠近圓窗旁的我的耳邊，用手指著說。

有幾輛長耳驢拖的馬車在碼頭上候客。「那不是驢，是滿洲馬呀！」丈夫到F市之前已在大連的總公司服務過四年，因此從港口到公司宿舍的路上，他得意洋洋地對我解釋。「這是山縣路，那是大山路。這些大馬路取的都是日俄戰爭時大將的名字呢！」

「你跟中國人交往嗎？」我不安地緊握丈夫出汗的手。我對自己說：在這地方，除了這個男人之外我別無可依賴的人。

我們家就在大連神社附近。在冬寒的這條街上看不到木造房子，我們家也是用黑磚塊砌成的小平房，四周並列著幾家形式完全相同的公司宿舍。雖然房間只有兩個，但都裝有壁爐，別有一番風味。

剛來的時候，我對這殖民地的街道感到很新鮮。俄式建築物和修剪得整齊的白楊街樹，跟有點髒的日本街道不同。軍人、市民，凡是日本人，每個人走路都抬頭挺胸、充滿活力。

「滿人住在哪裡呢？」我問丈夫。

「在郊外，」他笑著說。「那裡好髒哦！蒜臭味會讓妳受不了的。」

這兒跟配給嚴格的內地不同，物產豐富，物價便宜得令人吃驚。

「太太，買魚喲！」對每天早上來兜售鮮魚、蔬菜的中國人越殺價越便宜，十錢就買得到一兩隻大龍蝦。「不要被那些傢伙給看扁了喲，買東西一定要講價。」每天早上，丈夫邊看家計簿就反覆提醒我。

他說得對，住在這兒不到兩個月，就已體會到身為日本人首先要學的是對付滿洲人的態度。例如，隔壁的雜賀先生僱了一個十五、六歲的少年，雖然隔著一個庭院，還是常聽到雜賀先生和他太太打、罵那個男孩的聲音。對那怒罵聲，我感到害怕；不過，沒多久就習以為常了。我先生也說滿洲人不打就馬上偷懶；不久，我對一星期來我家三次的阿嬤，也無來由地打罵了。

街道整齊清潔，物價又便宜，我們過著比內地更奢侈的生活，我感到非常滿足，同時也認為那就是對婚姻生活的滿足。到大連的第一個冬天到來了。裝有壁爐的室內比日本的房子更溫暖，可是在橘子或鞋子凡是稍含水氣的東西放著，就硬得像石頭的十二月，在家等著因公晚歸的丈夫；在大雪紛飛的室外，馬車輪的咯吱聲和揚鞭趕馬的咻咻聲由遠而近。我因為已有身孕，所以藉著縫製嬰兒的衣服，或要阿嬤為我按摩腰部，度過漫長的冬夜。

反應遲鈍的我，不知那時他是到浪速町「伊豆波」料亭和女服務生廝混。最先把真相告訴我的是隔壁的雜賀太太，本來我還不相信，詢問丈夫時，他只是瞇著眼睛笑，被他這麼一笑，我就相信他了。在黑暗中，當他撫摸我身體時，可嘆的是身體馬上不聽使喚，我也就不再懷疑他了。

四月，內地該是春天了吧？可是大連街上為油煙染黑的積雪猶存。天氣還很冷，我在滿鐵醫院待產。丈夫說滿鐵職員的家屬住在這家醫院幾乎完全免費，因此還是早點住進去比較划算，我把他的話全當真。做夢也沒想到他不但要我肚子裡的小孩，還趁我住院期間把女人帶回家裡住。

談到生產，現在回想起來就覺得滿腹辛酸，不知怎地，小孩竟然胎死腹中。讀了我這手記的人，我想一定可以了解到當我變成無法生育的女人時，那種心靈和人生的創痛！

原先我還偷偷為孩子取了「滿洲夫」的名字，可是最後卻看不到他的臉，也看不到他的身體；護校畢業的我，多少能了解死胎會有什麼後果，所以哭著懇求醫生想辦法，可是結果為了挽救母體，把女人的子宮連根挖掉了。

「不用擔心！」丈夫眯著如象的細眼笑著說。現在回想起來，那時他或許正為胎兒死產反而容易離婚而竊喜呢。「我請教過醫生了，那方面不會有問題的。而且醫藥費很少，幾乎是免費，所以我們也沒什麼損失呀！」

聽到那種話，我突然覺悟到他在外頭一定有了女人，雜賀太太說的是事實。可是很奇怪，我既不生氣也不嫉妒。感覺女人的子宮被連根挖掉後，宛如張開的大洞——就是那種空虛感完全把我擊垮了。是石女還好，只要動手術，就當得成媽媽；可是，母性被奪去的我的人生，只能過著形如殘廢者的黯淡生活。

出院的那天——面對一個月左右不見的世界，春天的腳步已來到大連街上。街頭轉角處，宛如棉絮般的貓柳隨風飄舞；白色的花瓣拂過他微微出汗的脖子，最後落在中國阿嬤手中提著的皮箱上——裡面裝的是已經派不上用場的嬰兒尿布及衣服，那是我咬著嘴唇強忍著悲痛放進去的。

兩年後，我離婚了。提出離婚時，我也和常人一樣哭鬧，如果連囉嗦的經過也寫出來，徒然增加手記的篇幅，所以從略。很奇怪的是，結婚那兩年幾乎沒有特別值得懷念的。現在，縱使勉強回想，浮上眼前的只有他一身白肉逐漸腫脹起來，以及擔心血壓太高每天喝「貝爾凱爾」的茶色藥水的樣子。他以性生活對心臟不好為藉口，因此每晚都晚歸，又很快就鼾聲大作（其實，我知道他的精力是被「伊豆波」料亭的女人給掏光了）。黑暗中，我好幾次推開滾到身邊的燥熱的大身軀。精神上當然沒興趣，生理上也對這個男人不再眷戀；無法生育的絕望使我的性慾完全消失了。雖然如此，我還和他生活了兩年，這是我的弱點，只為了顧及顏面——我不希望成為在這殖民地鎮上，被男人遺棄而回到內地的眾多可憐女人之一。

和丈夫離婚後，我和三年前一樣搭「綠丸」輪離開大連；跟來到這裡的那天一樣，雨打濕了黑色倉庫的屋頂，揹著沉重大豆袋的苦力們邊工作邊挨憲兵們的怒吼。我想到以後再也看不到這景象和這市鎮，心情反而舒暢多了。

回到F市，戰火已蔓延到南方。街上到處是軍人和工人，生活越來越艱難，和大連相比真有天壤之別。哥哥和嫂嫂對離婚回來的我沒什麼好臉色，而我自己的個性也很倔強，一氣之下決定到大學附設醫院當護士，就離開了哥哥家，在醫學院附近的小公寓租了間房子。

醫院的職員和護士已換上好多新臉孔，不是四年前我在這兒工作和丈夫認識時的情形了。以前的實習醫生，都當軍醫出征去了；過去的同事也被調到戰地當從軍護士。戰爭連醫院都波及了，這是我在大連時連做夢都沒想到的。至於第一外科主任垣下教授逝世，改由橋本副主任繼任的事，也是我上班後才知道的。

既然和丈夫離婚，我已下定決心無論如何要忍耐生活下去；可是，再回到醫院上班後，我才發現現實並不那麼簡單。護校時比我低好多屆的學妹們，現在在醫院裡對我頤指氣使，動不動就命令我，我也知道重為馮婦的自己，成了大家在值班室打發時間的話題。取得公寓管理人同意後，我養了一隻雜種母狗。我當然知道在糧食不足的時代，養狗是多麼奢侈的事；可是，對我來說，如果沒有活生生的東西——即使是一隻貓或一隻狗——陪伴，如何度過空虛的歲月呢？我為牠取名滿洲，這是為了紀念死在大連的胎兒——滿洲夫。每次我罵牠，牠就嚇得尿屎全流，趕快躲到角落裡，可牠卻是我生活中唯一的慰藉物。每當午夜夢迴，聽得到不遠處的浪濤聲，在黑暗中，靜聽那聲音，總有一股難以言喻的空虛襲來。不自覺地把手伸向棉被外面想探尋些什麼；可是，當我發現原來自己想找的是早該忘記的他的身體時，不爭氣的眼淚撲簌簌地流下，那時心裡是多麼渴望有人和我生活在一起！

現在，我不想在這篇手記中再為自己辯護，事實上那時的橋本主任對我而言，除了是工作上的上司之外，只是個我不感興趣的老人。對我一個卑微的護士來說，教授或副教授這些偉大的老師們，不但是一種階級，甚至覺得他們天生就是屬於不同世界的人；而被稱為護士的我們，所做的是下女般的工作。可笑的是，橋本主任的太太比爾德，卻把我這樣一個卑微的護士和他先生扯在一起。

比爾德是橋本主任留學德國時認識的，那時她是護士。我記得從前念護校時，對他們的戀愛史早有所聞。

第一次見到她，是我上班大約過了兩星期之後的某天黃昏。一個體格高大的西洋女人推著一輛綁著籃子的腳踏車，突然出現在第一外科門口。醫務室裡的護士們趕緊站起來跑出去迎接，我也趕緊往那邊瞧；一個頭髮剪得很短、穿著長褲的外國女人走進來。說她是女人，不如說是個體格健壯的青年還恰當些。

「她是誰？」我有點驚訝，問站在身旁的河野護士。「妳還不知道啊？」她好像在責備我的無知似地聳聳肩。「她是比爾德小姐，主任的太太呀！」

比爾德從大籃子裡拿出一包錫箔紙包的東西給淺井助教。淺井臉上立刻堆滿了做作的笑容接過去。短罩衫下豐滿的胸脯和高壯的個子，使得男性的淺井看來好瘦小。當她面向我們的時候，我看到她嘴唇上塗了厚厚的口紅，向我們揮揮手後，就像男人那樣邁開步子消失在走廊的盡頭。

比爾德給的包在錫箔紙中的是她自製的餅乾，多得像座小山。餅乾在那時候非常少見，因此，大家爭先恐後地搶著吃。我也吃了一塊。

我吃著餅乾默默地聽著護士們談論比爾德的事，她們東一句西一句地批評比爾德，說她口紅塗得太濃；那種事日本女人是做不來的。「她還自以為是呢！」不知道是誰吐出這一句。「請大家吃餅乾，幫大病房的患者洗內衣褲，是她最拿手的哪！」

後來，我才知道，她們是在責怪比爾德每次到醫院來，都去探望大病房的患者。她每個月固定來醫院三次，每次都抱著大籃子到大病房，收集免費治療患者們的髒內衣褲，等到下次來時再把洗乾淨的交回患者。這是比爾德奉獻、犧牲的精神。

說真的，對比爾德這種「善行」我們護士並不感激；就連大病房的患者們也感到相當困擾，大病房的患者大多是空襲中失去家屬、無依無靠的老人和老太婆，每次洋婦人跟他們說話，就感到很不自在。每當比爾德從舊旅行箱或手提袋中抽出髒內衣褲，他們會慌慌張張地從床上爬下來。

「這樣就行了，不必再麻煩了！」

可笑的是，比爾德對病人們的羞慚和難堪似乎渾然未覺。她還像男人那樣在醫院裡邁開步子走，分發餅乾，或催促患者把髒衣物放入籃子裡。

我現在雖然以不懷好意的筆調描述她，其實那時我對比爾德的善行並沒有反感。「我真是服了她呀！今天主任太太還幫免費治療的患者大野富佐清洗便器啊！也真為難了這位洋媳婦！」淺井助教語氣中充滿了感激；可是我們護士只覺得她對自己的善行洋洋得意而已。此外也沒有特別憎恨她的理由。

這個洋女人第一次讓我對她產生反感是別的理由，那是跟平常一樣的某個夏日黃昏，我坐在中庭的階梯上，若有所思地兩手掩著臉。我想著大連滿鐵醫院的生活，以及嬰兒死產的事。

就在此時，有個四、五歲的男孩從建築物後面跑過來。生著一副日本人的臉，但頭髮是褐色的，因此我馬上知道那是橋本教授跟比爾德生的孩子。那時我湧上心頭的念頭是：如果自己的小孩還活著的話，現在也有這麼大了吧！於是不知不覺地向小孩伸出手。

「不要碰他！」

突然，在我頭上方傳來他母親嚴肅的叫聲，口紅塗得好濃的比爾德，表情僵硬地站著，她吹著口哨就像叫狗那樣招呼著小孩。

那個孩子先看看我，再回頭看看比爾德，他猶豫著該走向誰那邊？我和比爾德相瞪著，彷彿在賭這孩子的感情。何以那時自己竟認真起來了呢？因為生產的那天，女人的子宮被連根挖掉的回憶掠過心中。已失去生產能力，被男人拋棄的我，面對比爾德充滿幸福的人妻、人母身分感到嫉妒與不平。

「對不起！」比爾德抱起孩子時用流暢的日語說。「你知道小孩很容易患結核病吧！我每次離開醫院，一定把手消毒呢！」

那晚，在公寓裡比往常更覺得寂寞孤單。餵滿洲夫時，看到這隻母狗的腹部有血跡時，一下子怒火上升把手舉起來，牠縮著身子，用恐懼的眼睛仰望著我，我還是打了牠幾下頭。我邊打牠眼淚邊掉下來！

我突然對橋本教授感興趣，當然不是因為他是我的上司，而是因為他是比爾德的丈夫。當這位老人兩手插在口袋裡，從病房前成排的護士前走過時，我連他診療服上被菸燒焦的痕跡都看到了。教授已有幾絲白髮，衰老而疲倦的臉頰萎縮；那壯如青年的比爾德怎會愛上這樣的男人呢？當他的手指觸摸患者胸部時，我想像比爾德愛撫這根手指的情形，我發現他Y型襯衫的袖口掉了一顆釦子，甚至感到有些許喜悅！因為我發現了連他太太比爾德都沒注意到的東西！

戰況越來越激烈，我住的公寓和上班的醫院，離F市尚有數里遠，所以沒受到影響。F

市在幾次空襲後，大半街道都燒燬了。住在藥院町的哥哥大約半年前疏散到絲島郡去了，我從沒有想去探望他的念頭，而他也從未來看過我。聽說前夫已從大連調到哈爾濱，連一張明信片都沒有寄來。在人情薄如紙的社會中，我孤孤單單的一個女人，根本不知道戰況的演變，也不想去看報紙，說實話，國家戰勝或戰敗我一點也不感興趣。夜半醒來聽到海浪聲，不知怎地這陣子聲音突然變大了。在黑暗中豎耳傾聽，似乎昨夜比前夜大，而今夜又比昨夜大。就只有那時候我感受到戰爭的氣息。隨著那像大鼓一般低沉的聲音逐漸變大變高，我預感到日本會戰敗，我們不知會被捲到哪裡去。

被捲到哪兒都無所謂了！死在醫院的患者越來越多，尤其是躺在大病房裡的結核病患者，幾乎固定每兩星期就死掉一個。這種疾病，需要營養。可是這些病患，卻窮得連買一粒黑市米的錢都沒有。由於病人的數目實在太多了，因此縱然不斷有患者死掉，床鋪仍然空不出來。

新來的我，負責照顧大病房的患者，可是我對躺在這裡的人，無法像比爾德那樣熱心，我只是盡我身為護士的責任，此外，我就不多管了。反正，這是無論做什麼，每個人都會被捲到黑色大海裡去的時代，這種絕望佔據我整顆心！我和比爾德之間又發生了小摩擦，或許也跟這種心情有關。

那天，要為二樓單人病房的年輕太太動手術，護士室空無一人。而比爾德來醫院的時間又跟平常不同，因此沒有人出去迎接她；只有我一個人在值班室整理血沉表。「請妳來一下！」那時，躺在大病房的老人穿著破爛不堪的睡衣探出頭來說，「前橋太太很痛苦。」

「怎麼了？」

「前橋太太很痛苦。」

我到大病房一看，被五、六個患者圍著的前橋，眼睛往上吊，兩手痛苦地抓著胸部。身為護士的我，一看就知道是發生自然氣胸——空氣流到胸膜腔，不趕緊處理會有生命危險。

我跑到研究室去，淺井助教、戶田和勝呂醫師們都動手術去了。有空的就只有柴田副教授，可是到處都找不到他；要是不趕快把空氣放掉，病人會窒息而死，因此我打電話到手術室。

「淺井醫師在嗎？」我急切地問接電話的河野護士。「有一個病人發生自然氣胸呀！」聽筒的那一端不知為什麼傳來急促的拖鞋碎步聲，我有種異樣的感覺，因為通常手術室都寂靜得可怕。

「什麼事。」突然，耳邊響起淺井助教生氣的聲音，那是極為不安的聲音。

「大病房的前橋都木發生自然氣胸！」

「我不管，我現在很忙呀！不用理她啦！」

「可是——她現在非常痛苦呀！」

「反正是救不了的患者，就打麻醉藥……」

底下的話還沒聽清楚，淺井助教已把話筒咔嚓地掛斷了。「打麻醉藥……」我心想。「打麻醉藥……」

反正是要死的患者……他的聲音在我腦中響著。夕陽從研究室的窗戶照射進來，桌上積了一層白色塵埃。我拿著裝了麻醉用的普魯卡因液的瓶子和注射針回到大病房時，看到身著長褲的比爾德緊握著病床的金屬零件。

「護士小姐，趕快找氣胸臺來！」她喊叫著。從前在德國醫院服務過的她，一眼就看出前橋都木是自然氣胸。突然，她的視線轉到普魯卡因瓶和注射針上，臉色馬上大變，猛力把我推開後，自己跑出大病房去找氣胸臺了。

當我撿起掉在地上的玻璃碎片時，感到所有患者的眼光全部集中到背部來。回到護士室時，夕陽已從窗前開始往下滑落，跟我住在大連滿鐵醫院時從病房看到的一模一樣，又大又紅。

「妳為什麼要替她打針呢？」比爾德像男人那樣兩手交叉在胸前站在門口責問我。「我知道的，妳是想讓她死，我沒說錯吧？」

「反正她是不久會死的患者，」我注視著地板無力地回答。「妳知道讓她安樂死，對她幫助有多大？」

「即使她注定會死，可是我們沒有殺她的權力。妳不怕神嗎？妳不相信神的處罰嗎？」

比爾德用右手猛敲桌子。從她的罩衫下發出一股肥皂的香味，那是在那個時代我們日本人所沒有的肥皂；比爾德卻用它來洗大病房患者的內衣褲，不知怎地，我覺得好滑稽。比爾德敲著桌子的右手，不知是否因肥皂的關係，竟粗糙得像砂粒，我沒想到白人的皮膚會這麼難看，手上還長滿了金黃色的毛。剛開始還覺得奇怪，聽了一會兒就感到厭煩了；可是，黑暗中，大鼓般低沉的浪濤聲，卻在我胸中擴散……。

那晚輪到我值班。深夜裡，步出醫院正準備回公寓時，在黑漆漆的醫院庭園碰到淺井醫師。

「手術怎麼樣了？」

「誰？哦？原來是妳呀！」平常很重視打扮的他，那時醉得連無框眼鏡都滑到鼻尖上。

「宰掉了呀！」

「殺掉了噢！」

「不能讓她家人知道哦，老闆的功夫已經不行了！這次醫學院院長選舉一定會被權藤教授給打垮的。總覺得在他手下工作，不會有出頭的日子！」

淺井把手搭在我肩上，嘴裡吐出藥用葡萄酒的臭味，步履蹣跚。

「妳家在哪裡？我送妳回去！」

「就在附近。」

「我可以去嗎？」

那晚，淺井就睡在我房裡，我怎麼樣都無所謂。

「妳養狗呀！談到狗，比爾德也養了一隻。比爾德啊，她今天來過醫院嗎？」

「您不是很尊敬她嗎？」

「哪裡尊敬她？我還想跟那洋女人睡一覺看看哪！」

「不知她跟橋本教授是怎麼睡的呢？」

「比爾德？她呀！性慾一定很強耶！又不是什麼聖女，妳看她那種體格就知道了，妳去引誘一下主任看看，殺殺比爾德的銳氣。」

當淺井玩弄我的身體時，我毫無快感可言。我閉上眼睛心裡想著橋本教授怎麼對比爾德說出今天手術中殺死患者的事？我想起比爾德白色的手，以及從她罩衫下發出的肥皂香味；

只為了反抗那香味，我把身子給了淺井。

第二天，我到醫院上班時，淺井的態度跟昨晚判若兩人，用冷淡的表情叫住我。

「妳把大病房的患者怎麼了？」

「大病房的患者？」

「就是發生自然氣胸的那個女的呀！比爾德剛剛打電話來，說要把妳解僱！」

「我是照您說的話去做的呀！」

「我？我什麼也沒說呀！」

我眼睛一瞪他，他無框的眼鏡亮光一閃馬上避開我的視線。昨晚，這個男人還貪婪地玩弄我的身體呢！

「您要我辭職嗎？」

「我沒這麼說呀！」

淺井的嘴角浮現出慣有的虛偽微笑。

「只是，比爾德要是到醫院來會很囉嗦呀！妳還是先休息一個月吧！以後的事我會妥善安排的。」

那天黃昏，我回到公寓不見滿洲夫的影子，問了管理員也只是搖頭。這陣子已到了不殺狗來吃活不下去的時候了，或許有人趁我不在時把狗帶走了。我在樓梯口坐了一陣子，反正什麼都豁出去了；淺井就是淺井，這傢伙也靠不住，我開始憎恨打電話來要把我解僱的比爾德。那個女人還不知道就因為她自己裝得像聖女，給醫院的患者和護士們增添了多少麻煩。如果她是個人母，是聖女，那麼女人的子宮被連根挖掉的我，變成和淺井睡覺的娼婦也無所謂，現在連滿洲夫這條狗也拋棄我，不知跑到哪裡去了？

一個月沒到醫院上班，一個人待在空房裡的滋味真難受。上班時，可以暫時忘記從前在大連的往事和生產的痛苦回憶等等。現在，整天無所事事，躺在床上，被丈夫拋棄的那一天和胎兒死產的往事就一再浮上腦海。甚至有想和離了婚的那個人再見一次面的念頭。

在那樣的日子裡，某天晚上，淺井又來訪。

「我有事要跟妳說。」

「是不是被解僱了？」

「不是！」淺井板著臉，盤腿坐在榻榻米上，「是正經的事。」

「跟都要被炒魷魚的人，還談什麼正經事呢？」

「其實是想請妳回醫院。」

「還有我幫得上忙的嗎？我是想殺死患者的護士呀！」

要解剖美國俘虜的事，就是那天晚上聽到的。第一外科主任、柴田副教授以及研究生戶田、勝呂等都要參加，就缺少幫忙的護士。

「所以才找到我頭上來呀！」我諷刺地笑著說。

「哎呀！話不是這麼說的，這是為了國家嘛！反正都是一些已被判死刑的傢伙。這麼做可以促進醫學的進步呀！」淺井難為情地舉出自己也不敢相信的理由，「可以幫個忙吧！」

「我可不是為了國家才答應的，也不是為了你們的研究喲！」

日本戰勝或戰敗，對我來說都一樣；醫學能否進步，也跟我無關。

「主任會把這事對比爾德說嗎？」

「開玩笑！妳也絕對不可以洩漏出去喲！」

我想起那天黃昏在護理室裡比爾德喊著：「妳不怕神嗎？」的那一幕，我笑了，跟勝利的快感有點相似。比爾德還不知道自己的丈夫將要做什麼，可是，我卻知道。

「是嘛！對像聖女的比爾德，連主任也不敢說出來呀！」那一夜，被淺井抱在懷裡，我張大眼睛，聽著像大鼓般的低沉的浪濤聲，彷彿又聞到比爾德身上的肥皂香味。我想到不久之後，就要在跟比爾德那毛茸茸的右手一樣的白人皮膚上插入手術刀。

「白人的皮膚是不是比較難割？」

「傻瓜！洋人和日本人都是一樣的！」淺井翻個身，喃喃地說。

我想如果在大連能把嬰兒生下來；如果沒和丈夫離婚，那麼我的人生一定和現在不一樣吧！

2　醫學院的學生

昭和十年左右，位在神戶市灘區東邊郊外的六甲小學裡，只有我一個男孩子留著長髮。現在那一帶已是大住宅區。當時，小學的四周是廣闊的蔥田和農家，阪急電車就從田間穿過。大部分學生是農家子弟，沒有跟我一樣留著頭髮的兒童，在留著短髮的小孩當中，還有人揹著嬰兒來上學的呢！上課時嬰兒要是撒尿或者啼哭，年輕的老師就皺著眉頭說：

「去哄哄再進來。」

這兒跟東京的學校不一樣，叫學生都直呼其名，比如叫「Masaru」或「Zutomu」啦！在教室裡只有我一個人被老師叫「戶田君」。其他小孩對這種差別待遇，並不覺得奇怪，那是因為我不是農家子弟的關係。我父親是在學校附近開業的內科醫生，而剛從師範畢業的小學老師們或許仍對醫生、醫學博士等頭銜懷有敬意吧！此外，從一年級起我的成績單上，所有科目一直都是甲；因此身體雖不健壯，但是整所學校將來準備升學的就只有我一人。

每學年的學藝會上，我一定是主角；自從在展覽會上我的圖畫和書法準會被貼上優等的金紙之後，下意識裡我開始欺騙起大人來了。我所指的大人是指師範學校畢業的教師，包括父母親在內。從他們的眼神和表情，我很快就看出要怎麼做才可以博得歡欣，要怎麼做才會得到讚賞。因此，有時候我會裝得很天真，有時候會表現得很聰明，對我來說是輕而易舉的。本能地，我已看穿大人們期待於我的是純真和聰明。太天真不行，可是太聰明也一樣不可以。只要把兩者綜合一下，就能博得他們的誇獎。

我現在雖然這麼寫，可是，我也不認為那時候的自己是狡猾的、是有小聰明的少年。希望你們也回憶一下自己小時候的事。大致上有點智慧的小孩都有某種程度的「狡猾」，而且他們不知不覺間也會有只有這麼做自己才是個好孩子的錯覺產生。

五年級第二學期的第一天，老師帶了一個轉學生到教室來，脖子上纏著白色繃帶，戴副眼鏡，矮個子的男孩。他站在講臺旁邊，像女孩般頭低低地注視著地板的某一點。

「各位！」年輕老師身上穿的運動褲已發黃，他手扠在腰上大聲說。

「這位是從東京轉來的新同學。大家要和睦相處喲！」

然後用白色粉筆在黑板上寫上「若林稔」三個字。

「阿奇拉，這是他的名字，你會不會唸？」

教室裡起了一陣小騷動。有人偷偷地回過頭來看我，因為那姓若林的男孩和我一樣留著頭髮。而我自己呢？以分不清是敵意或是嫉妒的心情，遠望著脖子上纏著白色繃帶的男孩。當他用手指把滑到鼻尖上的眼鏡往上托的時候，偷瞄了我一眼，但馬上又往地上看。

「各位同學，暑假作業的作文都寫好帶來了嗎？」老師說。「若林君你就坐在那個位子上聽。先請戶田君唸看看！」

老師叫轉學生「若林君」，傷了我的自尊。因為到目前為止在這班上稱呼某某君的是我一個人的特權。

我聽從老師的話，站起來開始唸作文，要是平常，這堂課對我來說是很愉快的，把自己寫的東西當模範作文對大家朗讀可以大大地滿足我的虛榮心；可是，那一天老是無法靜下心來朗讀，一直介意著斜對面座椅上轉學生的眼睛。他是從東京的小學轉過來的。留著頭髮，穿著白色衣領、時髦的洋服。「不能輸給他呀！」我在心中對自己說。

寫作文時，我經常安排一兩處「中聽」的地方。具體而言，「中聽」指的是能夠讓師範出身的這位年輕老師高興的場面。本來我並不是有意這麼寫的；只是有一次老師要我唸鈴木三重吉的《赤鳥》文集給大家聽，大大地受到誇獎之後，每次寫作文時我都穿插少年純真感情自然流露的場面。

「暑假的某一天，我聽說木村君生病了，就想馬上去探望他。」那天我也在大家面前大聲朗讀。

這是事實，可是，以下的部分，根本是我自己捏造的。「為了生病的木村，我打算把自己辛苦收集的蝴蝶標本箱帶去送他。可是當我走在蔥田時，突然有一股好可惜的心情湧上心頭。好幾次想轉身回去，不過，最後我仍然到了木村家。看到他高興的樣子，我放心了……。」

「太好了！」我唸完時，老師十分滿意地環顧班上同學。「你們知道戶田君的作文是哪個地方寫得好？知道的人舉手！」

有兩三個小朋友不太有把握地舉起手來。他們的答案，還有老師想說的話，大致上我心中已有數。我帶標本箱給名叫木村勝的小孩是事實，可是並不是同情他生病。我走在蟋蟀叫的田間也是事實，可是，把標本箱給木村一點也不覺得可惜。是怎麼回事呢？因為父親買了三個相同的標本箱給我。木村當然很高興，可是，那時我的感受是老百姓的家好髒，以及自身的優越感。

「阿奇拉，你說看看！」

「戶田把標本箱……珍貴的標本箱給了勝，我覺得很了不起。」

「嗯！可以這麼說，不過這篇作文好的地方是──」老師拿起粉筆在黑板上寫上──誠實的──三個字。「走在蔥田覺得把標本給人很可惜！這是真正的感受；大家寫作文時常說謊話。可是戶田君很老實地寫出真正的心情。所以是誠實的！」

我遠望著老師在黑板上寫得大大的「誠實的」三個字；這時不知從哪間教室傳來沙啞的風琴聲，還有女同學在唱歌。我並非有意要欺騙同學和老師，而是現在學校和家庭都是這樣，我只有這樣做才是好學生，才是好孩子。

我偷偷地把頭轉向斜對面，看到留頭髮的轉學生的眼鏡慢慢地滑落鼻尖，目不轉睛地看著黑板。他的臉轉向我，脖子上的白色繃帶扭曲；是察覺到我在看他？我們兩人彼此對看了一下，是想從對方的臉上探尋些什麼？他的臉頰出現紅暈，嘴角浮現出微笑。那微笑好像在說：「大家都被你騙了，我可清楚得很喲！在蒽田的事，還有把標本箱給人覺得可惜的事，全都是謊話，你欺騙人的功夫真不賴，不過，你騙得了大人可騙不了我這個從東京來的小孩！」

我移開視線，感到耳根熱騰騰的。風琴聲停了；也聽不到女孩的歌唱聲。我覺得黑板上的字似乎顫動著。

自從那次以後，我的信心開始逐漸喪失。無論是在教室裡或是在校園裡，只要有這個姓若林的孩子在旁邊，我就有一種類似狼狽的侮辱感。當然，我的成績並未因此而退步，可是，在當著大家面前被老師誇獎時，還有圖畫或書法作品被張貼到壁上展覽時，或者是被同學們選為班級幹部時，我會偷偷地注意他的眼神。

談到他的眼神，其實，現在回想起來，那時他絕不是要責備我，像法官的眼神；也不是指責我犯罪的、良心的眼神，不過是保有同樣祕密、同樣的惡根的兩個少年，企圖從對方的眼中探尋自己的眼神。那時我感受到的不是內心的苛責，而是祕密掌握在別人手中的屈辱感。

這個孩子從不和別人一起玩。休息時間當大家玩躲避球時，他一個人靠在校園角落裡的鞦韆架上靜靜地看著我們。體操課時也看到他脖子上纏著白色繃帶站在遠處見習。同學們找他談話，他多半只是有氣無力地回答「不要哪！」「嗯！」。等到大家知道這和我一樣留頭髮，穿時髦洋服的轉校生，既無力氣，成績又不好之後，就當他是女孩子般開始欺負他了。我也逐漸不怕他了，忘了那天的羞恥和憤怒。

有一天，他被班上農夫的小孩欺負。那天放學後的值日工作結束之後，我走出校舍正想回家時，看到操場的沙堆上，勝和進兩人拉著他的頭髮。起初他還稍微反抗了一下，沒多久就被撞倒在沙堆上，好多次剛要站起來又被推倒。我遠遠地欣賞這一幕，無意去勸阻他們，也不覺得他可憐；不，內心甚至還希望勝和進兩人用力打，更用力拉他頭髮。要不是無意中看到老師的影子在校舍的窗戶，我會站在操場上繼續「欣賞」這場架的！可是，當我看清那影子穿過走廊往運動場的方向走來時，我趕緊跑向沙堆。

「不要再打架了！」我知道老師正在後面看著，故意大聲喊叫。「阿勝，不可以欺負轉校生呀！老師來了！」

勝和進回過頭來看到老師已在身旁，窘得滿臉通紅；而那個小孩還躺在沙堆裡沒站起來。

「若林君，怎麼了？不要緊吧？」

他抬起頭來，夕陽照在他的臉頰上，沙粒發出亮光，他的眼鏡掉在地上，鏡弦已彎曲了。我伸出手來想幫他擦掉黏在臉頰上的沙粒，突然，他用力撥開我的手，就像撥掉什麼髒東西似的，同時把臉轉向別處。

「你這是什麼意思？我幫你勸架還這樣子！」

我不自覺地拳頭正要往上舉時，才意識到老師就在旁邊。「又是阿勝呀！」我自言自語地說。

「戶田君，到底是怎麼一回事？」

「是，是阿勝打若林君……」我裝得很為難般結結巴巴地說。「我看到了，馬上就跑過來勸他們。」

在我「演戲」之間，夕陽餘暉照在他臉上，他凝視著某一點，不是老師也不是我的臉上。我第一次看到他沒戴眼鏡的眼睛，它給我一種宛如看穿我內心深處的奇妙感覺。

「你老是給我找麻煩！阿勝！還有阿進你也一樣，要多向班長看齊呀，向班長……」

班長指的是我。在老師斥責他們的時候，他默默地擦掉臉頰上的沙子，撿起掉在地上的帆布書包，好像這件事與他無關似地一個人走了。

第二年的春天，這個若林君又轉到別校去了。跟轉來的那天一樣老師把脖子上纏著白色繃帶的他帶到講臺上，也跟那天一樣用粉筆在黑板上寫「足尾」兩字。

「良勝！你說足尾是怎麼樣的小鎮呢？」

「……」

「富夫！」

「是產銅的地方。」

「對了！大家才剛剛成為好朋友，若林君由於父親工作的關係要轉到足尾。從明天起他就不在班上了。」

像這種日子，老師都會突然變得特別親切。我心裡想著他要去的產銅的小鎮樣子：小鎮四周都是禿山，從煙囪排出的黑煙污染了天空。這時，他像個女孩低下頭注視著地板。

「戶田君，你代表大家跟他說再見！」老師說。

「若林君，再見！」

他沒作聲，可是當他走出教室時，驀然轉向我，纏在頸上的白色繃帶扭曲，臉頰上浮現出慣有的似嘲諷的微笑。

從那一天開始我忘了他，至少我想忘掉他。午後的教室裡，他坐的桌子空空的。沒多久工友就把那張桌子搬走了。以後我不必在意他的存在，也沒必要再偷瞧他的臉。我又是個「好孩子」，我大聲地朗讀作文，博得老師的誇獎。

暑假到了，在某個酷暑的晌午時刻，我獨自在學校附近的蔥田裡走著。草叢裡蟋蟀發出痛苦的叫聲；賣冰棒的中年男人在前方乾裂的路上，拖曳著發出咿唔聲的腳踏車緩緩前行。

那時，我突然想起去年暑假寫的作文，就是描寫拿著蝴蝶標本箱去探望生病的木村那一篇。那是為了要在大家面前朗讀而寫的；是應用從《赤鳥》文章來的手法，為了取悅老師而寫的，知道這祕密的只有那個叫若林的小孩。

我跑回家。在房裡找出自己最珍貴的鋼筆，那是父親在德國時買回來給我的。我把它放進口袋又調頭跑向木村家。

「這個，給你！」

「為什麼？」站在牛棚前的木村狡猾地看看滿臉是汗的我的臉，又看看鋼筆，後退了一小步。

「沒什麼特別的理由。」

「哦——，這樣子，那我就不客氣了！」

「不要跟別人說！我給你的事，不可以跟家人說，也不可以和老師說，好嗎？」

回家路上，我又經過那片蔥田；我心想從此以後可以擺脫他——這一年來，給我屈辱感的那個小孩——的嘲笑。但是，草叢裡的蟋蟀仍然發出酷暑難熬的痛苦叫聲；賣冰棒的中年男子站在路邊撒尿。我心中仍然空虛，並未因為做了好事而有一絲絲的喜悅和滿足。

諸如此類少年時代的回憶，我想並不是我獨有的，你們也有吧！或許形式不盡相同，可是以下的這種回憶是我個人特有的呢？或者你們內心深處也有著類似的經驗呢？

我中學念的是N中學，位在御影與蘆屋之間。這學校把教育和升學率混為一談，因此五年中我們每天穿卡其色制服，接受嚴格的升學考試訓練。當時是按成績高低編成A、B、C班；像犯人般每人胸前都掛著寫上班別的名牌。

我在這學校被編到毫不顯眼的、中等成績的B班。並不是我偷懶不用功，而是周圍的學生跟六甲小學的百姓孩子不一樣，每一個人的家境都很好，也很快就了解老師的心意，懂得應付的方法。由於父親是醫生，所以我也想當醫生，並不是因為對醫學研究有遠大的理想和熱忱。從小我就認為當醫生最不用愁吃穿，而且父親還告訴我，有了讀醫的學歷，對將來當兵時很有利。

所有科目中我喜歡博物。前面我說過給木村昆蟲箱的事，升上中學後，仍然喜歡收集昆蟲。在牠們身上注射麻醉藥，放入充滿樟腦丸臭味的箱子裡。

博物老師的綽號叫虎頭魚，因為他的額頭和顴骨像虎頭魚般突出。他穿的西裝褲膝蓋皺成一團。凹陷的小眼睛，一直眨個不停。向學生說他這一輩子都奉獻在六甲山昆蟲的研究上。我四年級時，有一天，他向學生們說明阪神（大阪、神戶）的蝶類之後，從標本室帶來用包袱巾包著的小玻璃箱。

「這個啊，是我一年前在蘆屋川上游捉到的！」他得意地眨眨眼睛，環視大家之後，用瘦小的雙手舉起玻璃箱。

我沒看過那麼奇妙的蝴蝶。大翅膀有如拉緊的弓弦，腹部柔軟而豐滿，全身都是銀色，只有兩根觸角如絹絲，不知是什麼緣故，牠讓我聯想到年輕的舞孃——頸上插著白色羽毛，全身塗滿銀粉，輕抬著腿，要跳上空中的美麗舞孃。

「可能是突變種，即使是突變種也很珍貴。京大的山口博士一直要我讓給他，我都沒答應。」

虎頭魚這麼說之後，一副很憐惜的樣子，用手在玻璃箱的表面摸了好幾次。

那天下午，我的腦海裡一直縈繞著那隻銀色閃爍的蝴蝶。上課的內容一個字也沒聽進去。我幻想著注射針插入柔軟而發出銀色光輝的腹部時的快感；那是類似情慾的快感。

跟平常一樣，課外研究結束後，我和同學們走出校門。走出校門時才想起便當盒放在教室忘了拿。這一點我沒有撒謊。我獨自回到教室，夕陽餘暉中，白色的灰塵飄浮著；陽光也灑落在無人的空桌椅上。走廊也是一片寂靜。我的腳自然地走向博物標本室。一推門，發現門沒上鎖，一切就這麼順利，順利得令人可怕。在滿是樟腦丸臭味的房間裡，玻璃箱中分門別類收藏著各種礦石和植物的葉子，夕陽照射在箱子上。

在角落裡，我看到了虎頭魚的黑色包袱巾。我把包袱巾丟在地板上，趕緊把小標本箱裝進帆布書包裡，應該沒被人發現。偷偷打開門，走廊跟剛才一樣寂靜。

第二天一到學校，班上同學都在竊竊私語。

「虎頭魚那傢伙的蝴蝶被偷了呀！」

「咦——是誰偷的呢？」我感到自己的臉部表情變得僵硬，趕緊移開視線。

「嫌犯已經抓到了！是C班的山口，聽說昨天放學後工友看到他從標本室走出來。」

我腦中浮現出姓山口的學生，尖嘴猴腮的面容。那傢伙是這所中學成績最差的C班學生。中學生裡頭少不了有扮小丑逗人發笑出風頭的，山口就是這樣的人。

「這麼說蝴蝶是要回來了？」

「談到這個呀，那個阿呆又不知把它丟到哪裡去了。」

「真是大頭呆！」

那天，從教室窗口，看到山口一整天被罰站在操場上，那副失魂落魄的樣子，逼得我快窒息。他為什麼要當替罪羔羊？為什麼不向老師否認呢？站到下午，山口可能已經筋疲力盡了，肩膀下垂，背也彎曲了。

「不管它，反正那傢伙進去過標本室，本來就打算去偷東西的！」我為了祛除心理的痛苦，想出這樣的歪理。「是那傢伙自己笨才被逮到。否則還不是跟我一樣逍遙自在？」

那天，放學回到家，馬上從箱子裡抓出那隻蝴蝶，在庭院裡燒掉。從燒得跟紙張一樣快的翅膀，銀粉紛飛，隨風飄逝。晚上躺在床上，感到右邊的牙齒痛得緊。夢中，山口疲憊不堪的樣子出現過好幾次。

翌日，我摀著腫脹的臉頰上學。遠遠地看到他在校門口被好幾個同學包圍著。不知在談些什麼；我的腳步突然放慢了。

「幹得真漂亮！」

他們說的話，我站在背後聽得一清二楚。一夕之間，山口儼然成了C班的小英雄，而他自己也得意洋洋地以動作和手勢向大家說明事情的經過。

「虎頭魚那傢伙，都快哭出來了！好有意思耶——」

「你把蝴蝶藏到哪裡去了？」

「蝴蝶啊，那東西，我早就把它丟到水溝裡去了！」

很奇妙的是，當我偷聽到這句話的那一瞬間，昨天一整天內心的苛責，還有幾乎令人窒息的不安，都以驚人的速度消失了。痛也減輕了不少。我甚至想，早知道這樣就不該把那隻銀色蝴蝶燒掉。我又跟前天、大前天一樣，可以在教室裡專心聽課，作筆記，只擔心體育課忘了帶運動褲。

這類經驗，再怎麼寫也寫不完。從我幼年時代到少年時代，程度上縱有不同，但本質上和這類似的行為，多得不勝枚舉。這兒只不過舉出其中比較特殊的一兩件而已。

由於這緣故，長久之間我並不認為自己是個良心已麻痺的男子。所謂良心的苛責，如前述，從孩提時代起對我來說，只不過是他人的眼光、社會的制裁罷了。當然，我也從不認為自己是好人；我相信無論是誰，只要剝掉外面的一層皮，就都和我一樣。或許這是偶然的結果，我幹過的事從沒受到處罰，也從未受過社會的制裁。

就拿通姦罪來說吧，這種罪其實我在五年前，念浪速高中理科時就已經犯了。儘管如此，我並未因此而受到傷害或制裁，仍然平安無事地過日子。而現在我以實習醫生的身分，每天上研究室，為患者診療。對患者我既不憐憫，也沒有同情心，可是我仍然理所當然地接受病人們「醫生！」的稱呼，得到他們的信賴。

犯通姦罪時我根本不認為自己是無恥之徒，或是背叛者。事後多少有點內疚、不安和自嫌。可是等到我知道這祕密不可能洩漏出去後，這些心理馬上煙消雲散了。良心和苛責頂多保持個把月。我通姦的對象是表姊。現在也是兩個孩子的媽媽了，所以我不想說出她的名字，也不想詳細描述。表姊比我年長五歲，念女校時，暫時借住我家。那時候的事她彷彿比較清楚，我幾乎毫無記憶。對她當時唯一的記憶是頭上編成兩條辮子，垂到背後；笑的時候露出潔白的牙齒，右頰有個酒窩。她從女校畢業後馬上就嫁人，因此我們好久沒見面。她的丈夫畢業於大阪某私立大學，在大津的批發店上班。

我念浪速高中理科的某個暑假，有一天，心血來潮到大津探望她。見了面，令我非常失望。完全是為家庭而憔悴的婦人模樣，雖然結婚還不到兩年，卻被生活折磨得一副疲憊的表情。她家只有三個房間，可能是靠近湖邊的關係，濕氣很重，還瀰漫著廁所的臭味，表姊夫是個眼睛凹陷、身體柔弱的公司職員。我在那兒沒事幹，白天去游泳，晚上就只有在蚊香的臭味下翻翻舊雜誌和帶來的數學課本打發時間。隔著紙窗還聽得到表姊夫婦細小的爭吵聲。是表姊在數落沒出息的丈夫。

「你好好想想看。把現在的工作辭掉，找得到新工作嗎？」

「不要那麼大聲！」表姊夫小聲制止的聲音也傳入我耳中。「會聽得到的。」

他們爭吵中，還夾雜著咳嗽和啜茶聲。

「無聊呀，真是好無聊！」

早上丈夫上班後，表姊就無精打采地坐在榻榻米上，邊用手把兩鬢短髮往上撥邊嘆著氣。

「女人還是要嫁給一流大學的畢業生！」

「姊夫他不錯呀！」我假裝在旁安慰她。

就在我想告別表姊回家的前一天，那晚表姊夫因為值班沒回來。我和表姊兩人草草吃過晚飯後，就沒事可幹，聽她發牢騷到將近十點才就寢。深夜，我聽到她的哭聲，湖水「啪嚓、啪嚓」地響著。那晚又特別悶熱。

「阿剛，我可以過去你那兒嗎？」隔著紙門，表姊的聲音有點沙啞。「我頭好痛噢！」

我不知道長久以來為好奇心所驅使的情慾，原來是這般寂寞、空虛！

「只要你保證不跟別人說，你想做什麼都可以。」表姊說。就這樣在毫無喜悅、也沒有絲毫浪漫的激情下，我失去了童貞。

第二天早上，表姊夫帶著滿臉倦容回來了。他到井邊打水，發出咕嚕咕嚕的漱口聲。

「阿剛，你巴士的時間快到了！」表姊有點難過地微皺著眉頭催促我。「喂！剛弟要回去了！」

我揹起書包離開表姊家。湖，黑而髒，湖面漂浮著膠鞋和木片，我走在湖畔，並未感到特別的興奮或痛苦。我知道昨晚的事表姊一輩子都不會說出來。她瞧不起丈夫，就絕不會把自己的過錯說出來，知道祕密不會洩漏出來讓我很放心。

「讓我住那麼髒的家，才有最後一晚的特別服務！」我反而有「賺到了」的感覺。我並不認為自己是毫無廉恥的男子，也不認為自己這一輩子背叛過一個男人；我甚至也輕視那眼睛凹陷的男人！

這就是我犯的通姦。剛剛也說過了，表姊現在已是兩個小孩的母親。我不知道她是否為那晚的事後悔、痛苦？可能一點也不難過吧！不過我敢確定她到今天為止都沒對丈夫說過，表姊夫也沒發覺。也因為他沒發覺，表姊才能繼續扮演為人妻、人母的角色，而我也才能夠以醫學院學生的身分安穩地在社會上工作。

不只是通姦，也不只是缺乏罪惡感。我對別的事也麻木了。如今我有必要說出來。坦白說，我對他人的痛苦或死亡根本無動於衷。還是醫科學生的那幾年，我在許多病人的痛苦中生活，也看過許多人死亡，有時候也在手術中殺死患者，我毋須為這些事傷腦筋。

「醫生啊！求求您幫他打一下麻醉針。」

肺部手術後，患者不停地呻吟，不忍聽下去的家屬即使哭喪著臉哀求我，我也只是冷冷地搖搖頭。「再打麻醉藥，反而危險呀！」事實上，我心裡只覺得這樣的患者和任性的家屬好囉嗦！

病房裡要是有人死了，父母親或姊妹慟哭著，我雖然在他們面前表示同情，可是，當我一腳踏出病房時，剛才的那一幕就忘得一乾二淨了。

在醫院中過著這樣的生活，不知不覺間我對他人的憐憫和同情都給磨滅殆盡了。

對佐野蜜那件事我也沒有強烈的責任感，或許是由於這緣故吧！蜜是我在藥院町時，照顧我的女傭人，她來自佐賀縣。當時在醫學院三年級就讀的我，就和這個女傭租房子同居。她的雙親早已過世了，家人就只有哥哥和小妹。有一天我看到蜜在洗臉臺嘔吐時，我嚇得愣住了！霎時，浮上心頭的，並不是擔心會害她一輩子，而是孩子要是生下來怎麼辦。

那天晚上的事，我現在還記得清清楚楚。我用的方法極危險，只要稍有差錯，就會弄出人命。我假借理由向婦產科的朋友借來子宮探棒（sonde），用自己的手把胎兒刮出來。為了看清局部，我準備了一只手電筒，弄得滿頭大汗總算把血淋淋的肉塊拉出來。那時心裡只希望我這種不檢點的行為不要讓人知道；我不希望就因為這樣的一個女孩毀了我大好前途。蜜靠在牆壁上，臉色蒼白，咬緊牙關忍受著痛苦，可是我並沒有特別的感覺。現在想來，用那種不衛生不保險的方法墮胎，沒發生子宮內膜炎，真是幸運！

大約一個月後，我就打發蜜回故鄉。我藉口要從藥院町搬到供應伙食的地方去，所以不需要女傭。其實是我不想再見她第二次。當三等車滑動時，蜜小小的臉一直靠在窗上，那天下著毛毛細雨；當火車在雨中逐漸變小、消失後，我總算放下心上的大石塊！我想到把臉靠在窗上的蜜的痛苦，我知道自己幹了壞事；可是，並不覺得難過！

我想這種例子就談到此為止吧。不過，我要聲明的是即使現在我寫這些前塵往事，也沒有受到良心的譴責。作文課、偷蝴蝶、連累山口、和表姊通姦，以及和佐野蜜的事，我都認為是醜惡的；不過醜惡和痛苦是兩碼子事！

既然如此，何以今天我又寫這篇手記呢？這是因為我感到可怕——只顧忌著他人的眼睛和社會的制裁，去掉這些便什麼顧忌都沒有了，對這樣的自己我感到可怕。說可怕，其實有點誇張，講不可思議才吻合。我也想請問各位，你們是否也跟我一樣，剝開一層皮之後，就對他人的死、他人的痛苦無動於衷呢？要是做了壞事而沒受到社會的制裁，那麼應有的內疚、羞慚是否也跟著消失了？而某大會突然對這樣的自己感到不可思議嗎？

這是今年冬天發生的事。我在醫院的屋頂上愕然地看著 B29 轟炸F市。我和勝呂是對空監視員，因此每次空襲時都爬上屋頂。

那天的轟炸極為激烈。轉瞬間白煙從F市的四面八方冒起，熊熊大火觸目驚心。當一群 B29 在上空迴旋大約半小時後，消失在海面上時，下一個編隊馬上又在西空露出豆粒般的影子。當第二群的飛機一飛走，第三群又出現了。看到縣政府和市公所的建築物、報社、百貨公司等，接二連三地被濃煙、火焰吞噬。

到了黃昏時刻，敵機總算消失了；四周是令人顫慄的寂靜。天空呈紫黑色，仔細一聽，在巴奇巴奇的燒裂聲中火雜著沉重而空虛的迴響。剛開始，我沒注意到那迴響，可是那像呻吟聲的空虛迴響卻越來越清楚。

「那是什麼聲音？」我問勝呂。

「是建築物倒塌的聲音吧！」勝呂也注意聽著，「不，不對，是暴風！」如果是建築物倒塌的話，聲音應該更大才對；而空襲之後是聽不到暴風的。那聲音確實很像許多人呻吟的聲音。身為醫生的我最了解這種聲音。要是心中充滿了怨恨、悲傷、悲嘆、詛咒等的人的呻吟聲，無疑地就是這種聲音。

「是空襲時被炸將死之人的呻吟聲！」我自言自語。勝呂沒作聲，眨了眨眼睛，之後，我把它忘了。可是，那天晚上，我躺在床上又聽到那拉得長長的、空虛的聲音。剛開始我還以為是離住處不遠的海的嘈雜聲，可是海的嘈雜聲是從別的方向聽到的。

一瞬間，六甲小學的往事；夕陽照射的標本室；被罰站在操場上的山口疲憊不堪的樣子；在湖畔散步的清晨；和表姊發生關係的悶熱夜晚；把臉貼在三等車窗的蜜的眼睛……這些影像一下子都浮現腦際。那時我明確地預感到有一天自己一定會受到譴責；這半輩子所幹的事將來一定會受到報應的。我想我不可能一輩子都像今天這樣：當人們被火舌吞噬、受到濃煙侵襲而斷氣時，只有我連一點小擦傷都沒有。不過，我雖然這麼認為，心裡可一點也不痛苦。就像一加一等於二、也像二加二等於四那樣自然浮現腦海。就是如此。

前天當柴田副教授和淺井助教坦白對我們說出那件事；我凝視著火爐中熊熊的藍色火焰，心想：

「幹了這件事後，我會受到良心的苛責嗎？會對自己所犯的殺人行為感到恐懼嗎？殺掉活生生的人！做了這種傷天害理的事後，我會痛苦一輩子嗎？」

我抬起頭，柴田副教授和淺井助教嘴上都浮現出微笑。這些人的結局是否和我一樣？縱使將來有一天會受到制裁，他們的恐懼只是來自社會和法律的處罰，而不是良心的指責。

我感到一種深深的而又無奈的疲倦，捻熄柴田副教授給我的香菸，從椅子上站起來。

「你答應參加嗎？」他問。

「是！」我回答，或者應該說是喃喃自語。

3 午後三時

二月二十五日是個將要下雪的陰暗天氣。勝呂在住宿的洗臉臺邊刷牙邊端詳映在鏡中的自己的臉。由於感冒和那件事，以及長期的睡眠不足，眼白充血，臉既黑又腫；不過仍然是多年來已看慣的自己寂寞的臉。

「就是今天！今天總算來臨了！」勝呂在心裡對自己這麼說。可是，事到如今，他一點也不興奮，也沒什麼特別的感慨。內心反而出奇地平靜。

「早！」住在同一公寓的學生身穿工作服、打著綁腿出現在洗臉臺。

「大概快下雪了吧！」

「大概是吧！」勝呂邊把牙刷收入盒中邊回答。「你今天不去勞動服務。」

「我在工廠上夜班，下午才要去。勝呂您呢？」

「我馬上要出去了。」

勝呂通常都在醫院的餐廳吃雜燴粥當早餐；隨後他踩著因霜柱而突起的路面走向醫學院。踩著霜柱，常常停下腳步。昨晚，戶田在研究室所說的話又在耳邊響起。「想拒絕的話，現在還來得及！」他在心裡吶喊著：現在，只要自己折回公寓……只要轉身向後走就行了！可是，呈現在眼前的因霜而發出銀色亮光的路面向前延伸，只要直直往前走就是醫學院的正門。

在校門口碰見從另一邊來的大場護士長，她也應該是來參加今天的解剖。穿著紮腿式勞動服，能面似的臉毫無表情，斜眼瞄了勝呂一眼，很快地又避開視線，垂下肩膀走過去。

勝呂打開研究室的門，看到戶田已坐在桌前，背向著門。戶田連身子都沒轉過來，也沒打招呼，表情極為嚴肅，在筆記簿上不知寫些什麼。桌上的舊鬧鐘指著九點半。那件事預定從下午三點開始。

那天在下午三點之前，戶田和勝呂沒有談過一句話。戶田到大病房診察時，勝呂就呆坐在桌前。往日只要到研究室來，都有做不完的雜事。今天不知為什麼有一種一切都已經準備好了的感覺。覺得沒什麼事，等待著自己的只是下午三點的那件事。當戶田一回到研究室，勝呂裝出突然想起某件事似地急忙走出走廊。沒多久當他再回到研究室，筆記簿已闔上，戶田不知跑到哪裡去了。彼此都避著對方；不碰面也不交談。

可是將近三點時，勝呂正想出去，戶田在門口擋住他。

「喂！你為什麼躲著我？」

「沒有呀！」

「我們說清楚點，怎麼回事？」

戶田瞪了他一會兒，等到發覺自己問得傻之後，又做出僵硬的苦笑。兩人就在門口站了一陣子。整棟病房靜得可怕，對半小時後要進行的事毫不知情的患者，等待著「安靜時間」的結束。護理室也鴉雀無聲。

這種沉悶的氣氛，在兩人登上二樓手術室時意外地突然紓解了。是因為走廊上有開朗的笑聲響起的關係。四五個戶田和勝呂都不認識的軍官，靠在窗邊，抽著菸大聲談笑。那場景就像在軍官俱樂部等待聚餐似的。

「已經兩點半了，俘虜還沒到嗎？」

這時，來到柴田副教授研究室的一個矮胖軍醫也打開扛在肩上的照相機箱子，邊發出嘖嘖的咋舌聲說；留著山羊鬍的軍官看了一下手錶馬上回答：

「大約三十分鐘前報告說，俘虜已經離開拘留所，大概馬上就到了吧！」

「今天無論如何要拍下這珍貴的鏡頭！」軍醫往地板上吐口痰，用長筒靴塗掉。

「好有信心啊，這照相機看來很不錯呀！」蓄著山羊鬍的軍官奉承地問。

「機器是德國製的……對了，今天小森少尉的歡迎會是在這醫院的會議室開吧？」

「解剖到五點可以結束，所以就從五點半開始。」

「吃的都準備好了？」

「到時候我還想吃今天俘虜的生膽呢！」

這些軍官們無視於勝呂和戶田的存在，放聲大笑。手術室的門是開著的，可是沒看到老闆和柴田副教授以及淺井助教的影子。

「在中國中部地方啊……」矮胖的軍官邊搔著屁股邊開始說。

「聽說有人解剖過中國人，吃過生膽呢！」

「還聽說滿好吃的呢！」蓄著山羊鬍的軍官一副垂涎欲滴的樣子說。

「那，我們就在今天的聚餐上試看看吧！」

這時，淺井助教的眼睛發出亮光，緩緩地從走廊的那一端走過來。他對軍官們露出慣有的微笑。

「俘虜剛剛到了！」像女性的聲音說。

「噢！怎麼沒看到柴田呢？柴田！」

「不用急！他馬上來了。」

接著，他用兩手招招靠在走廊壁上，好像很害怕的戶田和勝呂。「你們兩個來一下！」

兩人進入手術室後，助教鎖上房門。

「真糟糕！來了這麼多軍官，病房的患者會發覺。最擔心的是俘虜會提高警覺，我騙他們說要送到大分的收容所之前先要做體格檢查。是這樣子帶他們來的呀！」他小聲地抱怨著，然後打開櫃子取出乙醚。

「你們兩個負責打麻醉藥，沒問題吧！今天的俘虜肩上受了傷。要是鬧起來就大事不妙了。所以，開始時由我假裝診察一下，然後說要檢查心臟把他騙上手術檯。」

「要用皮帶綁起來吧！要不然乙醚麻醉的第一期會亂鬧！」戶田說。

「這當然，勝呂君也了解乙醚的藥效吧！」

「是！」

用乙醚把患者完全麻醉必須經過三個階段，而且患者很容易從麻醉中醒過來，因此手術中還得不斷地檢查它的滲透力。戶田和勝呂受命負責的就是這件工作。

「老闆跟副教授呢？」

「現在，正在樓下換手術服。等到麻醉生效後，我再去請他們來。要是現在太多人聚在這兒，俘虜反而會害怕呀！」聽到這些對話，勝呂覺得好像是參加普通的手術，只是俘虜這兩個字把他從錯覺中推醒過來，才開始感受到現在自己所要做的是什麼，「我們正準備殺人哪！」突然，烏雲般的不安與恐懼在胸中擴散開來。他握緊著手術室的門把。這時，又聽到門外軍官們高昂的笑聲。他們的模樣和笑聲把勝呂震懾住，彷彿防止他逃走的一道厚牆。

不久，點著無影燈的手術室地板上，用來沖洗患者血跡的水開始流出，發出細小的水聲。淺井助教和戶田默默地脫掉上衣和鞋子，換上白色的手術衣和木屐。

門被打開了，能面似的毫無表情的大場護士長帶著上田護士來。她們連微笑都沒一個，默默地打開櫃子，把手術刀和剪刀、油紙、脫脂棉等排到玻璃檯上。沒有人說話，聽到的只是走廊上軍官們的談話聲和手術室的流水聲。

大場護士長參加今天的解剖是理所當然的，可是勝呂想不透為什麼上田護士也參加呢？這個護士來醫院的時日尚短，勝呂參加大病房的診療時也沒碰過幾次面；印象中她是個經常注視著某一點的陰鬱女人。

突然，走廊下軍官們的談笑聲戛然而止。勝呂怯怯地看旁邊的戶田。那一瞬間戶田的臉上現出痛苦的扭曲，做出挑釁的冷笑。

手術室的門開了，剛剛看手錶、蓄著山羊鬍的軍官露出一個和尚頭。

「這邊準備好了嗎？」

「請帶進來吧！」淺井助教嘶啞的聲音回答。「幾個呢？」

「一個！」

勝呂靠在壁上，看到高瘦的俘虜被推進來了。跟他某次在第二外科的門口看到的十幾位美軍一樣，眼前這位美國佬也穿著不合身的草綠色工作服。

他看到穿著手術服的勝呂等人，露出困惑的微笑，然後看看白色的牆壁和房間的角落。

淺井助教指著椅子說：

「Sit down here.」

男人笨拙地抱著長長的膝蓋，乖乖地坐下來。勝呂從前看過凱里．克巴主演的電影。總覺得眼前這瘦削的美國人臉孔和動作都很像克巴。

大場護士長脫下他的上衣，露出已有破洞的日本製絨毛襯衫。從破洞中可見濃密的褐色胸毛。淺井助教把聽診器放到他胸部，俘虜閉上迷惑的眼睛；是他察覺到瀰漫在房間裡的臭味，突然叫道：

「Ah! Ether, isn't it?」（噢！是乙醚吧！）

「Right, it's for your cure.」（是的，這是為了治您的病！）

淺井助教的聲音以及拿著聽診器的手都在顫抖著！

隨著診察的進行，俘虜的情緒已穩定下來，一切照指示做。從他柔和的藍眼睛與不時浮現出的親切微笑，知道他對勝呂等人一點都不懷疑。對醫生這職業的信賴讓俘虜完全放心。助教手指著手術檯，向他說要檢查心臟，他就老實地躺下來了。

「皮帶呢？」戶田問得很急。

「等一下，等一下！」淺井助教小聲地制止。「要是現在綁上，他會起疑心的！等到麻醉的第二期痙攣時，再迅速綁上！」

「軍醫們在問是不是可以進來了？」大場護士長從準備室探出頭來。

「現在還不行。等一下我會打手勢。勝呂君，幫我準備麻醉面罩！」

「我……不行呀！淺井助教！」勝呂的聲音都快哭出來了。「請讓我離開這房間！」淺井助教從無框眼鏡上邊瞪著勝呂，但是他什麼也沒說。

「淺井助教！我來做吧！」戶田代替勝呂遞給他十字形的鐵絲，在面罩上加上棉花和油紙。俘虜看到這情景，問那是什麼，淺井助教馬上擠出笑容，搖搖手，把面罩蓋在他臉上。當乙醚滴下時，俘虜的頭向左右晃動，想把面罩弄掉。

「趕快用皮帶綁緊！皮帶！」大場護士長和上田護士騎上去似地用手術皮帶把俘虜的腳和身體綁起來。

「第一期！」

戶田注視著手錶小聲說。第一期是患者因麻醉的關係，意識逐漸消失，本能地做出抗拒的動作。

「乙醚的點滴不可停止！」助教邊壓著俘虜的手邊提醒。面罩下開始發出低沉如動物般的呻吟聲，是乙醚麻醉的第二期。這時有的患者會怒吼，有的會唱歌。而眼前的這個俘虜只發出如遠處的狗吠聲，忽長忽短地呻吟著。

「上田小姐！拿聽診器來！」

淺井助教從上田護士手中搶也似地接過聽筒，趕緊按在俘虜毛茸茸的胸上。

「戶田，點滴繼續！」

「我知道！」

「脈搏慢下來了！」

助教壓著的手一放開，俘虜的雙手馬上砰地垂到手術檯的兩側。戶田從護士長手中接過手電筒，檢查俘虜的瞳孔。

「角膜不會反射了！」

「藥效開始發作了，我去請老闆和柴田副教授來！」淺井助教拿下聽診器，放進診察服的口袋裡。「乙醚點滴暫停！要是麻醉過度死掉就麻煩了！大場護士長，請準備動手術的道具！」

他冷冷地瞪了勝呂一眼，走出手術室。護士長回到準備室找上田護士幫忙準備道具。無影燈的藍光反射在四面壁上。斜靠在牆上的勝呂的木屐下，透明的水不斷流過去。只有戶田一個人站在躺在手術檯上的俘虜旁邊。

「來一下！」戶田突然低聲地催促他。「過來這邊幫忙！」

「我——不行呀！」勝呂低聲說。「我還是應該拒絕的。」

「阿呆！你在說什麼？」戶田回過頭來瞪著勝呂。「想拒絕的話，昨天晚上，還有今天早上，不是有的是時間嗎？現在，到了這地步，你已經走過了一半呀！」

「一半？我走過什麼的一半？」

「跟我們同樣的命運！」戶田冷靜地說。「現在——已經不能退出了！」

「有一天，釋迦……去探望一個生病的弟子……這個弟子病得連大小便都無法自己處理。……釋迦誠意地探望他，問他健康時可曾探望過生病的朋友？你現在所以會孤單、痛苦……是因為你平時從不探望別人的緣故。你現在受的是肉體之痛，可是你還有三世都不會根絕的心病。」

阿部蜜把封面已破舊的書拿到眼前，唸給躺在隔壁病床上的老人聽。這張病床本來是一星期前空襲之夜死掉老太婆躺的地方。剛過午後四時，大病房已有點陰暗，蜜依靠從窗戶洩進來的微光翻著書。

「今天為什麼沒看到勝呂醫師來診察呀！是不是在動手術啊？」她把書放在膝蓋上，問老人。「你要好好跟那位醫生拉拉關係才行呀！以前睡這裡的病人曾受過他很大的幫忙喲！」

躺著伸出手來尋找茶杯的老人像小孩似地點點頭。

「以前那個病人也是在手術前身體逐漸衰弱的，在空襲的夜晚死掉了。她一心一意想再見在戰場的兒子一面……」

「我們，」老人兩手捧著碗茫然地回答。「什麼時候死都無所謂了！」

蜜從床上爬下來，走近窗旁。在吹著風的中庭，穿著長筒靴的工人仍用鐵鍬挖著黑色的地面。

「這場戰爭到底要打多久呢？」蜜深深地嘆口氣自言自語地說。「什麼時候才會結束啊！」

第三章　到天亮為止

1

下午三點，穿著白色手術服，臉一半被面罩遮住的老闆和柴田副教授，在軍官們前呼後擁下出現了。老闆在門檻處猶豫了一下，眼睛掃過斜靠在壁上虛脫般哭喪著臉的勝呂，但很快就把視線調開了。在他的後面如雪崩般擁進來的軍官們，看到仰臥在手術檯上的俘虜都不約而同地停下腳步。

「請稍微向前靠！向前！」淺井助教在他們後面，臉上堆起微含諷刺的微笑說，「軍人嘛！對屍體應該比較習慣吧！」

剛一說完，留著山羊鬍的中尉回過頭來諂媚地說：「手術中，可以讓我們拍照吧？」

「沒關係！請儘量拍吧！我們還有第二外科也帶了八釐米攝影機來了呀！再怎麼說這次是很珍貴的實驗啊！」

「今天是做什麼？要切這裡？」記得曾帶「譽」牌香菸到過研究室的肥胖軍醫，擠進來用手指指著自己的和尚頭問。

「今天不做切腦手術。聽說那是明天權藤教授和新島助教要用另一個俘虜做的實驗。」

「那，你們只做肺部了？」

「是。有關今天的實驗，軍醫先生們不用說早就知道了，不過對其他軍官而言或許還有參考的價值，所以還是讓我簡單地說明一下。今天我們在俘虜身上所要做的實驗，簡單地說……是調查在肺外科中可以切除多少肺。也就是說呀，人的肺切掉多少後會死亡？這是結核治療及戰爭醫學多年來的重要課題；我們準備切掉俘虜一片的肺和另一邊肺的上葉，總之……」

淺井助教嬌滴滴的聲音在手術室的牆壁上發出迴響，此時，老闆彎著腰，一直注視著流在地板上的水。他下垂的肩膀，奇妙地給人一種淡淡的落寞感。

只有大場護士長毫無表情地用紅藥水不停塗在躺在手術檯上的俘虜身上。由下而下，藥液塗在俘虜粗大的脖子、褐毛密生的厚實胸膛，以及乳頭上時，還沒塗到的稍微凹下的腹部顯得更白了。戶田眼光落在長著金色胎毛的龐大腹部，彷彿這一刻才意識到這俘虜是白種人，是被日本軍抓來的美國士兵。

「喲！這傢伙睡得可真甜呢。」或許是為了緩和緊張的氣氛，背後有一個軍官故意開玩笑。「還不知道半小時後就要被宰掉了！」

被宰掉，這幾個字在戶田心中發出空虛的迴響。他現在對殺人的行為還沒有真實感，把人剝光衣服，讓他躺在手術檯上，打麻醉劑，這種事，他從學生時代到現在，在患者身上不知做過多少次？即使今天還是大同小異。待會兒，在老闆小聲地喊「敬禮！」之後，解剖就開始了。當剪刀和鑷子發出卡奇卡奇的響聲；電動手術刀發出乾燥的剝裂聲時，現在這被褐色胸毛覆蓋的乳頭四周會被切成橢圓形吧！可是，這和平常的手術或解剖的性質還是不一樣。無影燈耀眼的藍白光線，還有穿著白色手術服如海草般晃動的醫生、護士，這些都是自己多年來早已看慣的，就連臉朝向天花板靜靜地躺著的俘虜，也跟一般患者毫無兩樣。戶田根本感受不到殺人的顫慄，覺得一切都將機械式地完成而感到難以忍受！他慢吞吞地把探針的細管插入俘虜的鼻孔。那是鼻梁高聳、鼻尖泛紅的白人鼻子，只要再裝上氧氣罩一切準備工作就都完成了。俘虜從管子發出細小的鼾聲，是乙醚完全發揮了藥效。包裹在草綠色工作服裡的腳和雙手，被厚厚的皮帶緊緊綁住。他承受著周遭人的眼光，臉朝天花板躺著，他的表情是那麼安詳，安詳得讓人覺得他的嘴角都在笑呢。

「可以開始了吧？」

檢查血壓計的柴田副教授問老闆。一直凝視著地板的老闆突然彎腰，點點頭同意。「可以開始了！」淺井助教叫著。周遭靜得連嚥口水的咕嚕聲都聽得到。

「開始解剖時刻是下午三點零八分，戶田，請你記下來。」

老闆右手握著電動手術刀，彎著腰靠近俘虜的身體。戶田在背後聽到八釐米攝影機「幾滋」的迴轉聲，是第二外科和新島助教開始拍攝整個解剖過程的聲音。這時，在軍官們當中突然響起一陣急促的咳嗽和抽鼻涕聲。

「我現在也被攝入鏡頭了！」看著血壓計的戶田有種奇妙的感覺。

「看！現在我正看著血壓計，脖子轉動了。這就是我殺人的樣子！這些動作一點一滴都被清楚地拍入影片中，這就是殺人者的樣子呀，可是，將來再讓我看這部片子時，我會不會震顫呢？」

戶田感到一種無可言喻的幻滅與倦怠。到昨天為止，一直期待著這一刻，竟然是更深的恐懼、疼痛，以及強烈的自責。流在地板上的水聲、巴滋巴滋的電動手術刀聲，這些聲音既低沉又單調，奇妙得讓人感到鬱悶。跟平常的手術不同，是不是就是這些呢？現在手術室中，根本感受不到那種擔心患者休克死亡、脈搏加速，或呼吸困難的緊張氣氛。大家都知道俘虜不久就要死了，根本找不到能夠讓他活下去的理由。因此，手握著電動手術刀的老闆，以及關掉可赫兒（Kocher）的淺井助教還有當見證人的柴田副教授和正整理著紗布、器具的大場護士長，他們每個人的動作都慢吞吞的。

八釐米攝影機的迴轉聲夾雜在電動手術刀和剪刀聲中，不停地響著。「新島這小子，到底抱著什麼心情拍攝呢？」他思索著。「這聲音，好像在哪兒聽過？啊！對了，那是蟬聲，是念浪速高中時，到大津的表姊家玩的時候聽到的蟬鳴！咦？為什麼這時候我還想這些無關緊要的事呢？」戶田把頭轉向後面，偷瞄一下擠在背後的軍官們，看到站在左邊戴眼鏡的年輕軍官把頭轉過一邊，臉白如蠟。可能是第一次看到活人的內臟引起貧血；等到他察覺到戶田在看他時，趕緊站好身子，皺起眉頭。

在旁邊蓄著山羊鬍的中尉，由於汗和出油的關係，臉上反射出亮光，嘴張得大大的，一副傻瓜模樣；而站在他前面的肥胖軍醫，正伸長脖子，頻頻用舌頭舐著嘴唇，似乎想把眼前進行的每一個細節毫不遺漏地攝入眼裡。

「都是些混蛋傢伙！」戶田在心中暗罵。「去的都是些混蛋的傢伙！」可是，為什麼他們是混蛋，而自己到底又是什麼呢？戶田不願意想。因為思索，也是挺累人的！

事實上，手術室的溫度高得令人有快暈過去的感覺。室內的氣氛沉悶，空氣混沌。因此，戶田有一陣子還忘掉自己身為助手的任務。

手術檯上的俘虜開始劇烈地咳嗽，這是支氣管中有分泌物流入的關係。戶田聽到淺井助教透過口罩問老闆：

「要不要用古柯鹼呢？」

「不用！」老闆在手術檯邊直起身子，突然以憤怒的聲音吼著。「這傢伙又不是患者！」

手術室裡的眾人，在老闆怒吼聲中頓時變得鴉雀無聲。只有八釐米攝影機低沉的迴轉聲，繼續響著。

靠在牆壁上的勝呂，眼前是軍官們的背部。當他們輕輕咳嗽，或微微移動疲倦的雙腳時，從他們的肩膀縫隙，可以瞄到身體向前傾的老闆和柴田副教授的白色手術服，以及被用皮帶綁在手術檯上的俘虜的草綠色工作服。

「手術刀！」

「紗布！」

「手術刀！」

副教授以低而嘶啞的聲音指示大場護士長，

「接下來就是用切除剪剪下肋骨了！」

身為醫學生的勝呂，光從副教授的命令，就可以了解老闆現在在切俘虜的哪一個部位，以及接著要做什麼。

勝呂閉上眼睛，他閉上眼睛是為了要把自己現在參與的俘虜解剖手術，幻想成是為了真正的患者動手術的常見場面。「患者會有救的。馬上會打樟腦液，補充新的血液了！」他在心中強迫自己這麼想。「看！聽得到大場護士長的腳步聲吧，那是替患者裝氧氣罩呢。」

可是，就在這時，骨頭碎裂的聲音，和骨頭掉在手術盤的尖銳聲在手術室的牆壁上發出迴響。俘虜突然發出低沉而陰鬱的呻吟聲。是乙醚已停止輸入了？

「會得救的，會得救的！」勝呂的心跳加速，內心的呢喃也加快了。「會得救的，會得救的！」

然而，閉著眼睛的勝呂，腦海裡卻突然出現田部夫人手術的畫面：那個黃昏，把被切割得像石榴的夫人屍體圍在正中央，靠在牆壁上的每個人的表情都很僵硬；地板上的流水反射出無影燈的亮光，還發出細微的水聲。大場護士長把裝扮成活人似的屍體，推到病房。在已暗下來的走廊角落上，淺井助教嘴角擠出微笑對田部大人的家屬說：「手術已順利完成了！」

「沒救了！」

突然有股分不清是無力感或屈辱感湧上心頭，勝呂的胸口難過得快窒息。如果能夠的話，他真想用力推開站在眼前的軍官們的肩膀，奪過老闆手上的肋骨刀；可是，當他睜開眼睛，眼前軍官們並列的壯碩肩膀有如一道鐵牆，而佩在腰間的軍刀也發出銀色的閃閃亮光。有一個年輕軍官突然回過頭來，以疑惑的眼光看著穿著手術服、竟閒站在自己背後的勝呂，他的眼神馬上變成責備勝呂的憤怒眼神！

「你害怕了嗎？」那眼睛似乎在說。「像你這樣子也稱得上是日本青年嗎？」

在那年輕軍官的視線下，勝呂覺得額頭隱隱作痛。他發現到：對這裡所有的人來說，自己是一個沒有用的醫生，是連不想參加手術都不敢向副教授說的懦弱男人。

「我沒有做什麼。」他朝著手術檯的方向，對穿著草綠色褲子的俘虜呻吟似地喃喃自語。

「我啊！不會碰你的。」

然而，就在這時，淺井助教的聲音鏗鏗然響著。

「俘虜的左肺已全部切除！現在正在切右肺上葉。根據以往的實驗，兩肺同時切掉二分之一以上時會馬上死亡。」於是，軍官們的長筒靴發出吱吱的討厭聲音。不知何時新島助教八釐米的攝影機聲也停了。只剩下地板上的水快乾掉時發出的響聲在手術室中響起、擴散、消失！

「四十……三十五……三十……」戶田看著血壓計上唸著。

「三十……二十五……二十……十五……十……完了！」

戶田朝這邊做事務性的報告，慢慢站起身子。一時室內沉默了一下，然後好像河水決堤，響起軍官們的咳嗽聲，以及移動腳步的鞋聲。

「完了吧？」站在前排的肥胖軍醫用手帕邊擦著頭上的汗邊問著。「現在是幾點？」

「四點二十八分。」淺井助教回答。「手術開始是三點八分，因此手術使用時間是一小時二十分。」

老闆默默地俯視屍體。他戴在手上的手套沾滿血跡，手上還緊握著發出亮光的手術刀。大場護士長好像要推開老闆似地擠進來，用白布覆蓋屍體；老闆搖搖晃晃地往後退，一步、兩步，然後，站著不動了。

手術室的門打開了，軍官們魚貫走出走廊時，午後的殘陽餘暉寂寞地落在窗上。

軍官們看著那扇窗戶，眨了眨眼睛，一副不高興的表情，搖搖頭，用手拍拍自己的肩膀，然後故意打了個大呵欠。

「也沒什麼大不了的嘛！」其中一人突然大聲地說。可是，他的聲音碰到牆壁，發出裝腔作勢的空虛迴聲。

「村井，你現在的臉就像剛和女人睡過覺的臉一樣！」他指著同伴的眼睛很訝異地說。

「眼睛好紅呀！」

其實，眼睛紅的並不只是這個軍官，其他的軍官也眼露凶光滿布血絲。那是激情之後，眼睛充血，臉上滿是油漬和汗水。

「真的是一副和女人睡過的臉。」

「連頭痛也一樣。」

「小森少尉的歡送會是五點半開始吧！走！到外面吸點新鮮的空氣！」

他們發出咔嗒咔嗒的聲音下樓梯。

軍官們離開之後，大場護士長偷偷地從手術室探出頭來，確定走廊上沒人之後，她和上田護士用推床把白布蓋著的東西推出去。跟在後面出來的勝呂靠在牆壁上，靜聽著她們彎著腰推走推床的聲音。那聲音有時沙啞，有時中斷，最後消失在發出灰色亮光、長而無人的走廊盡頭。

他不知道該去哪裡！做什麼才好？雖然手術室中，老闆和副教授、淺井助教，還有戶田都還在那兒，可是，勝呂不能再回到那兒。

耳邊有一個聲音，依一定的旋律反覆地說：殺人、殺人、殺人、殺人。「我——什麼也沒幹！」勝呂拚命地想忘掉那聲音。「我！什麼也沒幹！」可是他這個說辭也在心中起了反駁，捲起小小的漩渦，最後消失了，「不錯！你是什麼都沒幹。老太婆死的時候，還有這一次你什麼都沒幹。可是，你不是一直都在場嗎？在場卻什麼都沒幹？」步下樓梯，他聽到自己的腳步聲，想起兩小時之前，那個美國大兵毫不知情地登上這階梯；剎那，勝呂眼前鮮活地浮現出美國俘虜滿臉無奈的表情。突然又轉換成手術室中大場護士長用白布迅速蓋上四肢被切成血淋淋的肉塊的一幕。

一股強烈的嘔吐感衝上喉頭，他靠著窗戶，告訴自己從醫學院學生時代起早已看慣了血淋淋的肉塊和四肢，可是現在那血液的顏色、肌肉的顏色跟平常的手術和解剖屍體時看到的不一樣。或許這種嘔吐感並非肉塊和血色引起的，而是想起大場護士長想把它們遮掩起來的醜陋舉動引起的吧！

已暗下來的天空中，配電所的電源布倫、布倫地響著；兩三隻小鳥劃過陰暗的寒空；一股濃煙從消毒室的煙囪緩緩上升；護士們拖曳著畚箕和鐵鍬從遠處的側門回來。這一切跟昨天、前天都一樣，是一幅平凡的醫院的冬日黃昏景色！

他靠在扶手上靜候著突然襲來的第二次暈眩的消失。然後，一步、一步地走下階梯。

中庭裡已看不到軍官們的影子，從側門進來的護士們把畚箕排列在草坪上，用手帕擦著臉向這邊走來。勝呂本能地加快腳步，想避開她們。

「醫生！」坐在草坪裡石塊上的一名護士以響亮的聲音問。「今天主任會來巡察大病房嗎？」

勝呂沒作聲。「不是什麼事都沒有嗎？護士們什麼都不知道，我何必躲起來呢。」

「醫生，您會去嗎？」

「噢！會去的。」

是了！今天，一整天把到大病房巡察的事給忘了；可是，現在再去大病房有什麼用？裝得什麼都沒發生似地和患者們交談、照X光、製作檢查表？從明天起又開始過實習醫生的生活。老闆、柴田副教授、淺井、戶田，大家都跟平常一樣地巡察、替外來的患者看病？辦得到嗎？那褐色毛髮、滿臉善良的俘虜臉孔，能從他們腦中完全消失嗎？我辦不到，我忘不了！

白楊的殘株在地面上露出灰色的切口。這是那老工友花了很多時間才鋸掉的。勝呂落寞地看著那殘株，突然想起老太婆：在兩天前被裝入木箱運走的老太婆。現在白楊樹沒有了，老太婆也死了。「我是否也該離開這研究室了！」

勝呂在心中自言自語：「你破壞了自己的人生。」然而，他不知道，這自言自語是針對自己說的呢？或者是對誰說的？

2

當戶田最後離開手術室時，走廊上淺井助教已在等著，他手裡拿著用紗布包好的手術盤，嘴角泛起微笑。

「戶田！麻煩你把這個送到會議室去！」

「是！」

「軍人在那兒開歡送會呢。」

「這是什麼？」

「是田中軍醫要的，俘虜的肝臟！」

淺井助教抓起紗布，把手術盤子給戶田看。在被血染成赤黑而混濁的水中，浸著一塊暗紅色的肉塊。

「這做什麼用呢？」

「可能是要浸在酒精裡當紀念品吧！」

助教以爽朗的聲音回答。那聲音就像完成患者的屍體解剖後，說明下一件工作時一樣沉著、鎮靜。

戶田的視線落在這猶有餘溫的肉塊時，清楚地想起仰臥在手術檯上的俘虜寬大的白色腹部！大場護士長塗紅藥水時，白得刺眼的美國士兵的腹部。他已經不見，哪裡都不見了，除了沉在這赤黑而混濁的水中的肉塊之外，哪裡都不見了。這是真的嗎？好像做夢般的感覺。他無論如何都無法把那白色的寬大腹部和這褐色的肉塊連接在一起；他感到不安，而且暈眩了一陣子。

「人生真是無常呀！」助教突然低聲地自言自語。「對屍體已經看慣了的我們，仍然會有點感傷，不是嗎？」

戶田平靜地抬起頭，偷瞄了一下無框眼鏡落到鼻尖上的淺井助教的臉，他的臉跟平常沒什麼兩樣，就是平常查病房時，對患者們講好話的秀才臉，也是吹著口哨出現在研究室，嘖著舌看檢查表時的臉！從他臉上找不到剛剛殺死一個人的痕跡。

「我的臉大概也一樣吧！」戶田痛苦地思考著。「沒有什麼變化嗎？為什麼我的心這麼平靜？而且絲毫感受不到良心上的痛苦和犯了罪的苛責呢？我甚至感受不到奪取一條人命的恐怖。為什麼呢？為什麼我的心是如此無所感呢？」

「戶田！」助教的嘴角又浮現謎樣的微笑，按著他拿著手術盤的手。「我有話問你，你想不想繼續留在大學裡？」

「留在大學？」

「是，當副手。柴田副教授前陣子還在說呢。如果你自己也有意願的話！」

「有比我更適當的人選吧！」戶田察覺到助教話中有話，低著頭回答。「比如說勝呂？」

「勝呂不行哪！他沒希望的。啊！對了，他今天在重要的時候，跑到哪裡去了？」

「在手術室裡呀！他在後面看著。」

「那傢伙，不會說出去吧？」淺井助教不安的臉靠過來。

「萬一，洩漏出去……」

「不會有問題的。他膽子很小的。」

「那我就放心了。我剛剛說的話，好好考慮一下，老闆已經不行了，以後，柴田副教授和我聯合起來，準備重建第一外科。因此，只要和我們合作，推薦你當副手是輕而易舉的事呀！還有，最重要的是由於今天的事，我們以後要是不同心協力，對彼此都有害。」

助教消失在空蕩蕩的走廊後，戶田拿著手術盤的手，感到出奇的疲倦。

助教剛剛說的同心協力的意思……是利用共犯心理在拉攏我，防止我把事情洩漏出去；同時告訴我今後他在第一外科的勢力會增大。戶田很快就了解助教話中的含意。

淺井這傢伙，對手術盤中的這塊肉，到底有什麼感覺呢？淺井助教對兩小時之前，還活生生的、有對褐色眼睛的俘虜之死，是否完全忘了？才一腳剛踏出手術室，就可以侃侃而談自己的將來，他這麼拿得起放得下，戶田覺得不可思議。可是，我自己呢？對拿在手術盤中的這塊肉又有什麼感覺呢？我感到可怕的並不是浸在赤黑而混濁的水中的這塊肉，而是自己的心——看到被自己殺死的人的部分肉體，沒什麼感覺，也不覺得痛苦。

他用身體推開會議室厚重的門。三、四個軍官回過頭來。他們在排放著各式菜色的盤碟和酒杯的長桌旁，已脫掉上衣，手放在火爐上烤。

「請問田中軍醫在嗎？」

「有什麼事？他馬上來了。」

「這是他要的。」戶田稍微「享受」到殘酷的快感，把紗布蓋著的手術盤放到餐桌上。

「辛苦你了！」

有一個軍官從椅子上站起來。那軍官就是手術時，臉色蒼白如蠟的男子。他用指尖挾起紗布往盤子裡一瞧，臉痛苦地扭曲。

「江原少尉，那是什麼呢？」

「是俘虜的肝臟。」

戶田一字一字慢慢地回答後，走出氣氛沉悶的會議室。關上會議室的門，發出鉛色亮光的走廊向前長長地延伸，空無一人。從這走廊走回去，可以回到手術室。想到這裡，戶田有股想再探看手術室的難以壓抑的衝動。只要一次就行了，想看看手術之後，到底變成怎麼樣？

午後最後的陽光逐漸從玻璃窗消失。四周好寂靜，偶爾聽到從背後的會議室傳出的低聲話語。

他步下階梯。一步、兩步，然後停下腳步。再猛然改變方向，走廊壁上傳出自己腳步聲的回音，他聽著這聲音慢慢接近手術室。

門微開著。他推了一下，發出鈍重的聲音。輕微的乙醚臭味衝入他鼻中，在準備室裡泛白的桌上，寂寞地躺著一瓶麻醉藥。

戶田在準備室的正中央站了一陣子。俘虜在這裡喊著「噢，是乙醚吧！」的像小孩的叫聲在耳邊響起，本能的恐懼感襲上心頭，戶田忍耐著。接著像退潮般，恐懼感消失了，內心平靜得出奇。

現在，戶田希望的是內心的譴責；是胸口劇烈的疼痛；是頓足捶胸般的後悔；然而回到這手術室裡，他絲毫沒有這些情緒的反應。身為醫學院學生的他，跟普通人不一樣，對手術後一個人回到手術室裡早就習慣了。他分不清平常跟今天到底哪裡不同。

「我們在這裡要俘虜脫掉外衣。」他勉強自己回憶手術前後的每一個過程，空虛地等待著內心痛苦的感覺。「那個俘虜像女孩子般羞怯地用雙手遮住長著褐色胸毛的胸部。然後進入淺井助教指的隔壁手術室。」

他輕輕打開手術室的門。開關一揮開，無影燈的藍白色光線，在天花板和四面牆壁發出耀眼的反射光。一小塊紗布掉在已有裂痕的手術檯上，紗布上有黑褐色的血跡。然而，儘管看到血跡，戶田心中並未感受到特別的疼痛。

「我真的沒有良心嗎？不只是我，其他的同伴是否也和我一樣，對自己所犯的罪行無動於衷呢？」

壞就壞到底吧！他關掉電燈，又回到走廊上。

薄暮已包圍了走廊。戶田剛移動腳步，聽到對面樓梯響起僵硬的腳步聲，慢慢地上樓梯，正朝著手術室的方向來。

戶田把身體貼近走廊的窗邊，茫茫然地望著；薄暮中一個穿著診療服、臉白如葫蘆花般的男子走過來，那是老闆！

老闆沒發現到戶田躲在那兒；他在手術室前停下腳步，兩手插在診療服裡，彎著背，默默地和手術室的門相對而立。雖然看不清他的臉，可是從他那下垂的肩膀、弓著的背和在薄暮中發光的銀髮都顯得蒼老、憔悴！他靜靜地凝視那扇門，好久，好久之後，又再響起登、登的腳步聲，往樓梯方向走了。

「醫生！請到大病房一下，今天早上有患者發燒了。」護士在背後叫著。

「嗯！」勝呂回過頭來，點點頭。

「今天都沒看到淺井醫師和戶田醫師，是去動手術嗎？」

「不是！」

「連護士長也不在呀！我們好像被放鴿子似的，不知怎麼辦才好，到底是怎麼回事呢？」

勝呂偷瞄了這年輕護士一眼，看到她天真的表情，似乎還在等著他的回答呢。

「我馬上去大病房。拿我的聽診器來！」

當他到了大病房的門口。看到黑暗中微微泛白的三排病床上，所有患者的眼光同時向他投射過來時，勝呂的腳步不由得慢下來。他低著頭從病床當中走過。「我不敢再看這些患者！」他在心中呻吟。「他們什麼都不知道！」

發燒的患者是躺在阿部蜜正對面的老人。是一星期之前老太婆躺過的那張床鋪。他一看到勝呂就露出牙齒已幾乎全部拔光的紫色牙齦，扭曲著臉一直想要說些什麼。

「他說痰卡在喉嚨裡，」蜜插嘴說。「醫生來了，你可以放心了。一切交由醫生處理好了！」

勝呂輕輕地握住老人伸出來的手腕。他的手臂瘦得只要用大拇指和食指就可以圈起來。粗糙的皮膚上有白斑和皺紋，讓他想起老太婆的手腕。「醫生，請您救救他，請您救救他！」勝呂眨眨眼睛聽阿部蜜喃喃自語。

大場護士長和上田信護士搭乘的電梯發出軋軋聲，緩緩地滑下陰暗的地下室。

「這部電梯的聲音好煩呀！大概很久沒上油了吧？」

上田護士抬頭仰望油漆已剝落的鐵製天花板，抱怨著。

然而，斜靠在壁上的護士長閉著眼睛並沒有搭腔。上田信覺得今天護士長的臉似乎比平常瘦，顴骨也比較突出。她從未有機會這麼近仔細端詳她的臉，當她看到幾根白髮從戴在頭上的帽緣露出來時，她感到驚訝。

「哎呀！這個人原來已經老了呀！」上田信以惡意的眼光注視著大場護士長的側臉。上田信婚前，到這家醫院工作時，大場護士長不過是比她早四年進來的護士而已。

在醫院裡被同事孤立後，大場護士長似乎就沒有朋友，經常板著面孔。雖然醫生們都很看重她，但是同事們常在背後罵她是「只知爭取成績的人」。

像別的護士那樣，化淡妝、塗口紅，這對大場護士長來說是不可能的。何況顴骨突出、表情陰沉，實在想像不出有哪個地方能吸引男人呢。

她是怎麼升上護士長的？信重新對自己的上司——這個女人，感到嫉妒和憎恨。

電梯停在地下室時，上田信馬上握著放在兩人之間的推床的把手，拖到冷颼颼的走廊。鐵管裸露在外的天花板上，有幾個黯淡的電燈泡。從前這個地下室有醫院附屬的販賣店和咖啡廳；現在這些房間都已廢棄不用，滿布灰塵，空襲時當作患者的避難所。

走廊的盡頭是屍體放置場。上田信正想把推床推向那邊時，一直跟在後面監督的大場護士長說：

「上田小姐！是相反的方向！」完全是命令的口吻。

「咦？不是要推到前邊去嗎？」

「是相反的另一邊！」

表情僵硬的護士長搖搖頭。

「是怎麼一回事呢？」

「你不要管。只要照我的話做就行了！」

蓋著白布的推床，推過充滿水泥濕氣的地下室走廊，往相反方向前進。上田信推著推床盯著手放在把手上的大場護士長瘦而硬挺的背部。

「這個女人真是硬得像塊石頭，從她身上嗅不到一絲絲的人味！」

她突然有股衝動，想撕開這硬得像石頭的護士長的假面具。燈泡的陰影落在散得滿地的水泥包和已弄壞的實驗桌，以及稻草露出的破椅子堆上。推床的車輪發出憂鬱的單調聲。

「護士長！」信故意不叫大場小姐，「今天這件工作是受誰命令的？」

然而，對方瘦削的背部絲毫沒有要轉過來的跡象。她仍然堅硬地握著把手繼續前進，看到這樣子，信的嘴角不由得浮現出諷刺的微笑。

「是淺井醫師嗎？我已經跟淺井醫師坦白說了呀！淺井醫師他呀！三天前的晚上，突然跑到我的公寓來；真把我給嚇了一跳！哎呀！那淺井醫師喝了酒……就對我……」

「囉嗦！」大場護士長突然放開擔架車。「把擔架車停下！」

「放在這裡……可以嗎？」

「……」

「誰會來領這張推床呢？」

「上田小姐，我們做護士的只要照醫生們吩咐的話去做就行了。」

覆蓋著屍體的白布在黑暗中顯得更刺眼。兩個女人隔著推床，狠狠地互瞪了一會兒。

「上田小姐！」大場護士長瞇著小眼睛瞪著信，「妳今天可以下班了！我想不用我再叮哼，今天的事絕不可以洩漏出去，要是妳的嘴巴不牢靠……」

「要是不牢靠，又怎麼樣呢？」

「妳知道，會給橋本教授帶來多少麻煩吧？」

「嘿？」上田信翹起嘴巴，「我們當護士的要為醫生服務到這種程度嗎？」

然後，她故意自言自語似地嘀咕著。「我啊，跟某人可不一樣哦，並不是為了橋本教授才幫今天手術的忙耶！」

這時，信看到大場護士長嘴角顫動好像想反駁的樣子，懊惱得連臉都扭曲了，護士長在部下面前露出痛苦的表情，還是信到醫院服務後第一次看到。

「一切如我所想像的！」信在心中咀嚼著擊中對方要害的快感，心想：「哎呀！真不要臉！這個像石頭的女人，竟然愛上了橋本教授！」

她沒對大場護士長說什麼？轉過身，也不搭電梯，從最近剛做好的太平梯下來走到中庭。

中庭已被薄暮籠罩。從前，當她還是護校學生的時候，每到黃昏，醫學院和醫院的窗戶都亮起一盞盞小燈，宛如進港掛滿飾物的船艦，也常讓信想起從前鄰接F市的博多港祭日。

可是，現在只有醫院的櫃檯和辦公室搖曳著昏暗的小燈；從第一外科二樓的會議室傳出男軍歌大合唱聲，那兒的窗戶也被黑色的窗簾遮住，只有微弱的燈光從隙縫中洩出。

「是今天到手術室來的軍人們，」信心想。「真會享福！當我們只有大豆吃的時候，這些傢伙卻大吃大喝，他們究竟吃些什麼呢？」

想到這裡，信記憶中今天解剖完後在手術室裡，有一個肥胖的軍人靠在淺井助教耳邊小聲地說：「喂！可以把俘虜的肝臟切給我嗎？」「做什麼呢？」淺井助教的無框眼鏡閃過亮光；矮胖的軍官嗤嗤地笑了。「軍醫先生，你不會是要拿給年輕軍官們試吃吧？」淺井助教似乎看穿對方的心意，唇邊浮現出淺笑。

信想起那段對話，本能地感到厭惡。去掉那種厭惡感，她對軍人們吃不吃俘虜的肝臟根本無所謂。身為護士的她，對患者的手術和血液已經司空見慣了，因此，今天被送上手術檯上的男子雖是美國俘虜，她也不覺得特別可怕。當橋本教授用電動手術刀在俘虜的皮膚上一直線劃下去時，上田信聯想到比爾德白色的皮膚，還有，當她準備對發生自然氣胸的大病房的患者注射麻醉藥時，大聲喊叫著敲著桌子的比爾德的手；今天俘虜的手和比爾德的手一樣，也有金色汗毛。

「橋本教授會把今天的事對比爾德說嗎？恐怕不會說吧！」信在心中硬要製造勝過比爾德的快感。「表面上比爾德小姐多麼幸福，一副聖女的樣子，她不知道自己的丈夫今天做了什麼。可是，我卻知道得很清楚。只有我知道橋本教授今天做了什麼。」

回到公寓，房間一片漆黑。她在玄關上坐下來，突然感到好疲倦，因此，沒馬上脫下鞋子，兩手抱膝坐著。

「上田小姐，我把配給的肥皂一半放在窗檻上。錢，請妳等一下付！」

從走廊的深處傳來管理人冷冰冰的聲音；然後是啪嗒的關門聲。黑暗中，鋪在房內未收的棉被和餐桌顯得更白。隔壁的收音機響起警報的鈴聲。

「今後會變成什麼樣呢？」每天皆如此，信今天從醫院回到這冰冷的房間，就不由得感到一種快窒息的寂寞和孤獨。「今天就這樣過了……就這樣過了……」

真的！今天又這樣過了；她現在所想的就只有這個念頭。由於好久沒去醫院了，今天似乎身心覺得特別疲倦。從明天起又得為大病房的患者量血壓、清理痰水了。比爾德會毫不知情地來醫院吧！「得意洋洋」的！而大場護士長……那個女的愛上橋本教授，這也是只有我才知道的。

她脫下鞋子，扭開用包袱蓋著的電燈。升火，煮已浸在水裡的大豆；一個人連三餐都提不起興趣。像往常一樣從抽屜拿出以前為滿洲夫縫的衣服放在膝上，呆呆地坐著。

黑暗中香菸的火絨發出紅紅的亮光。

「是勝呂嗎？」爬上屋頂來的戶田低聲問。

「欸！」

「你也抽菸嗎？」

勝呂沒有回答。他靠在屋頂上的欄杆，用兩手撐著下巴，身體向前傾。F市今夜燈都熄掉了以防空襲。不管有無警報，一到晚上，街上連一絲絲燈光都沒有。不是燈光沒洩出而是點燈的人家和點燈的人似乎都死光了。

「你在做什麼呢？」

「沒做什麼！」

戶田察覺到勝呂凝視著發出粼粼波光的海。黑色的波浪衝上來，帶著沙沙的憂鬱聲退下去。

「明天還要查病房嗎？」戶田故意打呵欠，裝出很睏似地說。「哈！好累啊，今天真是累壞了。」

勝呂熄掉香菸，回過頭來。他往水泥地板上坐下，兩手抱膝，低下頭。

「會變成什麼樣子呢？」他低聲說。「我們會變成什麼樣子呢？」

「不會改變的。還是老樣子，什麼都不會改變！」

「可是，今天的事，你不覺得痛苦嗎？」

「痛苦？為什麼要痛苦？」戶田以諷刺的口吻說。「不是沒什麼需要痛苦的嗎？」

勝呂靜默下來。過了一會兒，他好像說給自己聽似地，用微弱的聲音說：

「你好堅強呀！我啊……今天在手術室中連眼睛都不敢睜開。到現在我還不知道該如何思考才好？」

「痛苦什麼呢？」戶田感到苦澀的東西湧到喉頭。「是因為殺死了俘虜？要是因為殺死那俘虜而找出能夠治療成千上萬的結核患者的方法，那就不是殺掉他呀！而是讓他獲得重生呀！人的良心只在一念之間，可以任意改變的。」

戶田抬起頭仰望漆黑的天空。遙遠的六甲小學的暑假；校園中被罰站的山口的影子；在湖邊悶熱的夜晚；在藥院（譯註：地名，位於福岡市中央區）的宿舍從蜜的子宮取出胎兒的血塊……種種往事緩緩地浮現他的腦海。「真的！什麼都沒變，一切如昔。」

「可是，有一天我們一定會受到處罰的！」勝呂突然靠過來小聲地說。「是不是？即使受到處罰也是應該的！」

「受處罰？你說的是社會的制裁？如果只是社會的制裁，一切都不會改變的。」戶田又打了一個大呵欠，「我，還有你都只不過是因為活在這個時代、這個醫學院，才參加俘虜的人體解剖；如果制裁我們的傢伙，也站在和我們相同的立場，他們會怎麼做呢？所謂社會的制裁，說穿了就是這麼一回事！」

然而，一種說不出的疲倦使得戶田不再說下去了，反正對勝呂這種人說什麼都沒有用。這種苦澀的絕望正充塞他的胸口。「我要下樓去了！」

「我們永遠都是老樣子，是這樣子嗎？」

勝呂一個人留在屋頂上，注視著黑暗中波光粼粼的大海，似乎想從那兒尋找出什麼。

「每當綿羊般的雲朵走過時，」「每當綿羊般的雲朵走過時，」

他勉強地吟哦那首詩。

「每當蒸氣般的雲層飄過時，」「每當蒸氣般的雲層飄過時，」

可是，他嘴裡好乾燥，他唸不下去了！

「天空喲！你撒落的是，白的、純白的、棉花的行列！」

勝呂唸不下去了，他再也唸不下去了！

遠藤周作年表

一九二三年　大正十二年　零歲

三月二十七日，生於東京市巢鴨，父常久，母郁子，上有長兄正介。其時，父服務於安田銀行（現為富士銀行），母係上野音樂學校（現為東京藝術大學）小提琴科學生，與安藤幸（幸田露伴之妹）同受教於莫基雷夫斯基。

一九二六年　昭和元年・大正十五年　三歲

父調職，遂舉家遷往大連。昭和四年入大連市大廣場小學，成績較長兄為劣。寒冬中，目睹母終日練小提琴，手指出血，大受感動且了解藝術之艱辛。

一九三三年　昭和八年　十歲

父母離異，遠藤隨母返日，轉入神戶六甲小學。姨母係虔誠之天主教徒，常帶遠藤上西宮市之夙川教會。

一九三四年　昭和九年　十一歲

於復活節受洗，聖名保羅。

一九三五年　昭和十年　十二歲

六甲小學畢業，入私立灘中學（現為灘高中）。同學中有楠本憲吉。嗜讀十返舍一九之《東海道中膝栗毛》。

一九四〇年　昭和十五年　十七歲

自灘中學畢業。

一九四三年　昭和十八年　二十歲

重考三次均名落孫山，第四年始考入慶應大學文學部預科。因違背父意，執意入文學部，被斷絕父子關係，寄居友人利光松男家，半工半讀。後搬入學生宿舍，受舍監哲學家吉滿義彥氏影響，閱讀馬利坦（Jacques Maritain）作品，又受友人松井慶訓之影響，閱讀里爾克（Rilke）作品。因吉滿介紹得識龜井勝一郎，翌年訪堀辰雄。

一九四五年　昭和二十年　二十二歲

徵兵體檢為第一乙種體位，然因罹患急性肋膜炎遂延期入伍，一直到大戰結束皆未入伍。四月，入慶應大學文學部法文系，受教於佐藤朔。閱讀莫里亞克（François Mauriac）、貝爾納諾斯（Georges Bernanos）等法國現代天主教文學。上一屆學長中有安岡章太郎。次年回到父親身旁。

一九四七年　昭和二十二年　二十四歲

隨筆〈諸神與神〉受神西清賞識，刊登於《四季》第五號。同月，評論〈天主教作家之問題〉發表於《三田文學》。

一九四八年　昭和二十三年　二十五歲

因神西清推薦，評論〈堀辰雄論備忘錄〉刊登於《高原》三、七、十月號。

一九四九年　昭和二十四年　二十六歲

三月，自慶應大學法文系畢業。五月，發表評論〈神西清〉（《三田文學》）、〈傑克．里威爾——其宗教之苦惱〉（《高原》）。六月，因佐藤朔介紹，成為鎌倉文庫特約撰稿人；後公司經營不善，宣告破產。後入其兄服務過之天主教文摘社。成為《三田文學》同人（會員），得識丸岡明、原民喜、山本健吉、柴田錬三郎、堀田善衛等。

一九五〇年　昭和二十五年　二十七歲

一月，發表評論〈佛蘭索瓦．莫里亞克〉於《近代文學》。六月五日以戰後第一批留學生身分赴法留學，研究法國現代天主教文學。十月，入里昂大學，受教於巴第教授門下。在里昂兩年半期間，因三田學長大久保房男的好意，於《群像》發表〈戀愛與法國大學生〉等有關法國學生的生活隨筆數篇。

一九五一年　昭和二十六年　二十八歲

三月於里昂接到原民喜自殺的訃聞，夏季，為求理解莫里亞克《寂寞的心靈》（*Therese Desqueyroux*，又譯「泰芮絲的寂愛人生」）作品，到該書背景的蘭德旅行。

一九五二年　昭和二十七年　二十九歲

一月發表〈追尋提列茲之影——給武田泰淳氏〉（《三田文學》）27・1

一九五三年　昭和二十八年　三十歲

轉往巴黎，病發，入裘爾坦醫院就醫，一直未康復，二月搭赤城丸返日。五月，發表〈原民喜與夢幻少女〉（《三田文學》）。七月，發表〈留法日記〉（《近代文學》八～十、十二月號）。八月，出版第一本書《法國的大學生》（早川書房）。

一九五四年　昭和二十九年　三十一歲

四月，任文化學院講師。透過安岡章太郎的介紹與谷田昌平加入「構想之會」，結識吉行淳之介、庄野潤三、遠藤啟太郎、三浦朱門、進藤純孝、小島信夫等。又接受奧野健男的建議加入《現代評論》，於六月創刊號發表〈馬爾奇・特・薩德評傳一〉。不久，與服部達、村松剛提倡形而上批評。十一月於《三田文學》發表第一篇小說〈到雅典〉。該年母郁子逝世。

一九五五年　昭和三十年　三十二歲

〈白色人種〉發表於《近代文學》（五、六月號），七月該小說獲第三十三屆（昭和三十年度上半期）芥川獎。九月，與岡田幸三郎氏長女順子結婚。十一月，發表〈黃色人種〉（《群像》）。

一九五六年　昭和三十一年　三十三歲

六月，長男誕生，為紀念獲芥川獎而命名為龍之介。十一月，出版評論集《神與惡魔》（現代文藝社）。十二月，出版《綠色小葡萄》。該年受聘為上智大學文學部講師。

一九五七年　昭和三十二年　三十四歲

〈海與毒藥〉發表於《文學界》（六、八、十月號）。十月，出版《相戀與相愛》（實業之日本社）。

一九五八年　昭和三十三年　三十五歲

三月，出版短篇小說集《月光之假面舞面》（東京創元社）。四月，出版《海與毒藥》

（文藝春秋社）。九月底，與伊藤整、野間宏、加藤周一、三宅艷子、中川正文等出席亞洲作家會議，回程繞到蘇俄，於十一月返日。十二月，《海與毒藥》獲第五屆新潮社獎、第十二屆每日出版文化獎。是年起至翌年止，於成城大學講授法國文學論。

一九五九年　昭和三十四年　三十六歲

十月，出版《傻瓜先生》（中央公論社），為蒐集薩德資料，偕夫人渡法，會見薩德專家吉爾貝爾．烈李伊、比耶爾．庫洛索斯基，繞英、法、義、希臘、耶路撒冷，於翌年一月返日。

一九六〇年　昭和三十五年　三十七歲

返日後，結核病復發，入「東大傳研醫院」，年底轉慶應醫院。八月，出版《新銳作家叢書6．遠藤周作集》（筑摩書房）。九月，出版《火山》（文藝春秋新社）。六月，發表〈絲瓜君〉（《河北新報及其他》（連載至十二月。十二月，出版《聖經中的女性們》（角川書店）。

一九六一年　昭和三十六年　三十八歲

五月，出版《絲瓜君》（新潮社）。該年病情惡化，肺部動過三次手術。

一九六二年　昭和三十七年　三十九歲

七月出院，體力仍未恢復，僅發表少數短文。九月，出版《安岡章太郎・遠藤周作集》（《昭和文學全集20》，角川書店）、《遠藤周作集》（《長篇小說全集33》，講談社）。

一九六三年　昭和三十八年　四十歲

一月，發表〈男人與八哥〉（《文學界》）、〈前一天〉（《新潮》）、〈童話〉（《群像》）。八月，發表〈我的東西〉（《群像》）。十月，發表〈雜樹林中的醫院〉（《世界》）。十一月，發表〈十字路口的揭示板〉（《新潮》）。該年，由駒場遷至町田市玉川學園，新居命名為「狐狸庵」，之後，號「狐狸庵山人」。

一九六四年　昭和三十九年　四十一歲

二月，發表〈四十歲的男人〉（《群像》）。三月，出版《我．拋棄了的．女人》（文藝春秋新社）及《遠藤周作．小島信夫集》（《新日本文學全集9》，集英社）。七月，出版《絲瓜君》（東方社）。九月，發表〈歸鄉〉（《群像》）。十月，出版《一．二．三！》（中央公論社）。

一九六五年　昭和四十年　四十二歲

一月，發表〈大病房〉（《新潮》）及〈雲仙〉（《世界》）。六月，出版《狐狸庵閒話》（桃源社）、《留學》（文藝春秋新社）。十月，出版《哀歌》（講談社）。該年，為新潮社撰寫長篇小說取材，與三浦朱門數度遊長崎、平戶。

一九六六年　昭和四十一年　四十三歲

三月，出版《沉默》（新潮社）。五月，發表戲劇〈黃金國〉（《文藝》），出版《遠藤周作集》（《現代之文學37》，河出書房）。十月，發表〈雜種狗〉（《群像》）、《協奏天曲》（講談社）。《沉默》獲第二屆谷崎潤一郎獎。該年起任成城大學講師三年，講授「小說論」。

一九六七年　昭和四十二年　四十四歲

一月，發表〈化妝後的男人〉（《新潮》）、出版《福永武彥・遠藤周作集》（《我們的文學10》，講談社）。五月，當選日本文藝家協會理事。出版《吊兒郎當生活入門》（未央書房）、《切支丹時代的知識分了──叛教與殉教》（三浦朱門合著，日本經濟新聞社）。七月，發表〈如果〉（《文學界》）、〈塵土〉（《季刊藝術》）。八月，受好友葡萄牙大使阿爾曼特・馬爾提斯之招待訪葡，獲頒騎士勳章。

一九六八年　昭和四十三年　四十五歲

一月，發表〈影子〉（《新潮》）、〈六日之旅〉（《群像》）。二月，發表〈名叫優麗亞的女子〉（《文藝春秋》）。三月，出版《堀田善衛・遠藤周作・阿川弘之・大江健三郎集》（《現代文學大系61》，筑摩書房）。八月，發表〈暖春的黃昏〉（《中央公論》）。九月，出版《有島武郎・椎名麟三・遠藤周作集》（《日本短篇文學全集21》，筑摩書房）。十一月，出版《影子》（新潮社）。該年，任《三田文學》總編輯，任期一年。

一九六九年　昭和四十四年　四十六歲

一月，發表〈母親〉（《新潮》）。為新潮社準備長篇小說，前往以色列、羅馬，二月返日。二月，發表〈小鎮上〉（《群像》），出版《遠藤周作集》（新潮日本文學56，新潮社）。四月，出版《遠藤周作集》（大光社），應美國國務院之邀赴美，五月返日。八月，出版《不得了》（新潮社）、《中村真一郎・福永武彥・遠藤周作集》（中央公論社）、《遠藤周作幽默小說集》（講談社）。十一月，發表〈學生〉（《群像》）、〈加里肋亞的春天〉（《群像》）。

一九七〇年　昭和四十五年　四十七歲

二月，出版《遠藤周作怪奇小說集》（講談社）。四月，與矢代靜一、阪田寬夫、井上洋治前往以色列，五月返日。十月，發表〈巡禮〉（《群像》）。

一九七一年　昭和四十六年　四十八歲

一月，出版《切支丹的故鄉》（人文書院）。五月，出版《母親》（新潮社）。九月，出版《遠藤周作》（《現代的文學20》，講談社）。十月，出版《埋沒的古城》（新潮社）。十一月，出版《遠藤周作劇本集》（講談社）。該年，獲羅馬教廷頒贈西貝斯特理動章。

一九七二年　昭和四十七年　四十九歲

一月，發表〈僕人〉（《文藝春秋》）。二月，出版《現在是流浪漢》（講談社）、《狐狸庵雜記》（每日新聞社）。為晉見羅馬教宗，與三浦朱門、曾野綾子訪羅馬；為完成《死海之畔》前往以色列，四月返日。十月，出版《吊兒郎當人類學》（講談社）；任文藝家協會常務理事。該年，《海與毒藥》英譯本出版；《沉默》在瑞典、挪威、法國、荷蘭、西班牙等國翻譯出版。

一九七三年　昭和四十八年　五十歲

一月，出版《狐型狸型》（番町書房）。四月，出版《吊兒郎當愛情學》（講談社）。

六月，出版《死海之畔》（新潮社）。九月，出版《湄南河的日本人》（新潮社）。十月，發表〈手指〉（《文藝》），出版《耶穌的生涯》（新潮社）。十一月，出版《遠藤周作第二幽默小說集》。十二月，出版《吊兒郎當怠談》（每日新聞社）。

一九七四年　昭和四十九年　五十一歲

一月，出版《吊兒郎當好奇學》（講談社）、《小丑之歌》（新潮社）。七月，《遠藤周作文庫》（共五十一冊，新潮社）開始發行。十月，出版《喜劇新四谷怪談》（新潮社）、《最後的殉教者》（講談社）。為新潮社的長篇小說取材，前往墨西哥，同月返日。

一九七五年　昭和五十年　五十二歲

二月，出版《遠藤周作文學全集》（全十一卷，新潮社），至十二月出齊；接受日航招待，與北杜夫、阿川弘之遊歐，同月返日。八月，出版《遠藤周作推理小說集》（講談社）。

一九七六年　昭和五十一年　五十三歲

四月，發表〈聖母頌〉（《文學界》）。六月，為《鐵之枷鎖——小西行長傳》取材，前往韓國，同月返日。七月，出版《我的耶穌——為日本人而寫的聖經入門》（祥傳社）。九月，應美國日本學會之邀前往美國，於紐約演講。繞道洛杉機、舊金山，於同月返日。

一九七七年　昭和五十二年　五十四歲

一月，擔任芥川獎評審委員。四月，出版《鐵之枷鎖——小西行長傳》（中央公論社）。五月，出版《走馬燈——他們的人生》（每日新聞社）。

一九七八年　昭和五十三年　五十五歲

四月，以《耶穌的生涯》獲國際達克·哈瑪紹爾特獎。七月，出版《基督的誕生》（新潮社），該年，義大利翻譯《耶穌的生涯》，波蘭翻譯《我·拋棄了的·女人》，英國翻譯《火山》出版。

一九七九年　昭和五十四年　五十六歲

二月，《基督的誕生》獲讀賣文學獎。為《山田長政》一書取材，前往泰國，同月返日。三月，搭伊莉莎白皇后號油輪訪大連，同月返日。四月，出版《槍與十字架》（中央公論社）。該年，獲日本藝術院獎。

一九八〇年　昭和五十五年　五十七歲

四月，出版《武士》（新潮社）。五月，率劇團「樹座」赴紐約。九月，出版《作家的日記》（作品社）。十二月，出版《正午的惡魔》（新潮社）。《武士》獲野間文藝獎。

一九八一年　昭和五十六年　五十八歲

四月，出版《往王國之道——山田長政》（平凡社）。六月，發表〈頒獎之夜〉（《海》）。這年獲選聘為藝術院會員。

一九八二年　昭和五十七年　五十九歲

一月，出版《女人的一生──第一部》。三月，出版《女人的一生──第二部》（朝日新聞社）。四月，英國翻譯《武士》出版。十一月，出版《冬之溫柔》（文化出版局）。

一九八三年　昭和五十八年　六十歲

四月，發表〈六十歲的男人〉（《群像》），出版《惡魔的午後》（講談社）。六月，出版《對我而言神是什麼》（光文社）。八月，出版《多讀書、多遊玩》（小學館）、《遇見耶穌的女人們》（講談社）。

一九八四年　昭和五十九年　六十一歲

九月，出版《活生生的學校》（文藝春秋社）。英國翻譯出版短篇小說集（〈四十歲的男人〉等十篇）。

一九八五年　昭和六十年　六十二歲

四月，往英國、瑞典、芬蘭旅行，於倫敦某飯店偶遇格雷安．葛林，相談甚歡。六月，當選日本筆會第十任會長。赴美，往聖．克拉拉大學接受名譽博士學位。七月，出版《我喜愛的小說》（新潮社）。十月，出版《追尋真正的我》（海龍社）。十二月，出版《宿敵》（上／下）（角川書店）。

一九八六年　昭和六十一年　六十三歲

一月，出版《心之夜想曲》（文藝春秋）。三月，出版《醜聞》（新潮社）。五月，率劇團「樹座」赴倫敦第二次海外公演，上演《蝴蝶夫人》。十一月八日，應台灣輔仁大學外語學院之邀蒞台，於「第二屆國際文學與宗教會議」中演講，同月十二日返日。《母親》、《影子》中譯本出版。

一九八七年　昭和六十二年　六十四歲

一月，辭去芥川獎評審委員。二月，出版《我想念的人》（講談社）。五月，遠赴美國，獲喬治大學贈予名譽博士學位，同月歸國。十月，應韓國文化院之邀訪韓，會晤作家尹興吉，同月歸國。十一月，偕妻參加「沉默」之舞台，長崎外海町的「沉默之碑」揭幕典禮，碑上刻有「主啊！人類是如此悲哀，大海卻異常蔚藍。」十二月，遷居目黑區中町，出版《像妖女般》（講談社）。該年，日本筆會會長改選，遠藤先生蟬連。加賀乙彥受洗時，遠藤為其教父。

一九八八年　昭和六十三年　六十五歲

一月，於《讀賣新聞》連載以戰國新史料《武功夜話》為資料的戰國三部曲開端〈反逆〉，直到隔年二月。《武功夜話》於一九八七年由新人物往來社出版（全・四卷・補卷一），遠藤讀後，拜訪其舞台愛知縣江南市舊前野村，及附近木會川川筋眾的故鄉，此後，木會川便成為遠藤晚年中心眷戀之地。四月，與夫人同赴倫敦，同月歸國。六月，安岡章太郎受洗時，成為其教父。八月，以日本筆會會長身分出席國際筆會的漢城大會，九月歸國。十一月，夫妻一同參加於《反逆》登場的遠藤母親之遠祖（戰國竹井一族）的出生地——岡山縣小田郡美星町（中世夢原）——「血之故鄉」石碑的揭幕典禮。英國彼得歐文出版社出版《醜聞》。

一九八九年　昭和六十四年・平成元年　六十六歲

四月，辭去日本筆會會長。前往北琵琶湖清水谷及小谷城尋找歷史小說的題材，「湖北之春」銘記心中。十二月，父常久過世（九十三歲）。雖一直無法原諒拋棄母親的父親，但最後還是體諒父親的孤獨，前往探視。這一年，提倡「回應老人所需的老人志工」，成立「銀之會」志工團。英國彼得歐文出版社出版《留學》。

一九九〇年　平成二年　六十七歲

二月，為新長篇作品取材，遠赴印度，在德里的國立博物館看到查姆達像，前去Benares取材，同月回國。七月，遷往目黑的花房山工作。八月，開始創作日記（歿後，出版《深河創作日記》）。九月，開始連載《男人的一生》。

一九九一年　平成三年　六十八歲

一月，擔任三田文學會理事長。五月，赴美參加約翰・凱洛爾大學舉辦的遠藤文學研究學會，同時獲贈名譽博士學位。與馬丁・史柯西斯導演會晤，商討《沉默》拍片事宜，同月歸國。九月，天主教東京教區百週年紀念，於中央會館發表演說。十二月，赴台灣，輔仁大學贈予名譽博士學位。

一九九二年　平成四年　六十九歲

九月，診斷出腎有問題，隔月入院檢查。

一九九三年　平成五年　七十歲

五月，住進順天堂大學醫院，接受腎臟病的腹膜透析手術。隨即展開三年半與病魔搏鬥的住出院生活。六月，新作長篇小說《深河》由講談社出版發行。出版時，克服心臟引發的危篤狀況，撫摸送至床邊的《深河》。十一月，松村禎三作曲的歌劇《深河》於生日劇場首演。

一九九四年　平成六年　七十一歲

一月，於《朝日新聞》連載最後的歷史小說〈女〉，直到十月，《深河》獲每日藝術獎。四月，英國彼得歐文出版社出版《深河》，是第十三部英譯版作品。隔月，《紐約時代》刊登橫跨二頁的書評、入圍 INDEPENDENT 新聞主辦之外國小說獎決選等，於世界各地獲得極高的評價。五月，原作《我．拋棄了的．女人》改編而成的音樂劇《別再哭泣》於音樂座公演。英國出版英譯版的《我．拋棄了的．女人》。

一九九五年　平成七年　七十二歲

一月，於《東京新聞》連載〈黑色揚羽蝶〉，因為健康不佳於三月二十五日停止連載。四月，再次住院。卸任三田文學會理事長。六月，出院。電影《深河》（熊井啟導演）殺青，遠藤觀看試片後哽咽不已。九月，因腦內出血住進順天堂大學醫院，之後，無法言語，藉緊握順子夫人之手傳達意思。十一月，獲頒文化勳章。

一九九六年　平成八年　七十三歲

四月，住院治療腎臟病。由腹膜透析換成血液透析。奇蹟式地好轉，其間口述筆記〈回憶佐藤朔老師〉成為絕筆之作。九月二十九日下午六點三十六分，因肺炎引起呼吸不順，逝世於醫院。臨走之際神色洋溢光采，握著順子夫人的手說道：「我已經走進光環中，見到母親及兄長，妳可以放心了。」十月二日，在佐麴町的教堂舉行告別式。彌撒司儀是井上洋治神父，由安岡章太郎、三浦朱門、熊井啟致悼辭。參加告別獻花的群眾多達四千人。靈柩中依其遺志置有《沉默》、《深河》兩部作品。遺骨葬在位於府中天主教墓園的遠藤家之墓，埋在母親與兄長之間。

一九九七年　平成九年

九月二十九日，近千位友人聚集於東京會館，舉行「遠藤周作先生追思會」。十月，原作《我．拋棄了的．女人》電影版《愛》（熊井啟導演）殺青。

一九九八年　平成十年

四月，世田谷文學館舉辦「遠藤周作展」（八月結束）。七月，輕井澤高原文庫舉辦「遠藤周作和輕井澤展」（九月結束）。

一九九九年　平成十一年

四月，《遠藤周作文學全集》（全十五卷）由新潮社開始發行，翌年七月完結。

九月二十九日「周作忌」於三田舉行，之後每年實施。

二〇〇〇年　平成十二年

五月十三日，遠藤周作文學館於長崎縣外海町之夕陽丘開館。

二〇〇一年　平成十三年

舉辦遠藤周作文學館開館一週年紀念企劃展「從作家的書架——加註的書本與狐狸庵相簿」。

十一月，未發表日記〈一篇小說到完成為止的備忘筆記〉於《三田文學》刊載。

二〇〇二年　平成十四年

於遠藤周作文學館舉辦第二次企劃展「遠藤周作喜愛的長崎——從《沉默》到《女人的一生》」。

二〇〇三年　平成十五年

八月，《文藝別冊　遠藤周作》由河出書房新社出版，刊載未發表日記〈五十五歲之後私人創作筆記〉。

二〇〇四年　平成十六年

四月，於遠藤周作文學館發現以為遺失的《沉默》草稿。五月於遠藤周作文學館展出《沉默》草稿，《遠藤周作沉默草稿翻刻》由長崎文獻社刊行。

二〇〇六年　平成十八年

九月，收錄與阿川弘之未發表之往返書簡之《狐狸庵交遊錄》，以及十二月《狐狸庵食道樂》均由河出文庫出版。

二〇〇七年　平成十九年

三月，遺物中發現剛從法國留學歸國後的約一百二十封信。五月，《狐狸庵動物記》；六月，《狐狸庵讀書術》由河出文庫出版。

二〇〇八年　平成二十年

二月，《堀辰雄備忘錄．沙特傳》由講談社文藝文庫出版。

二〇〇九年　平成二十一年

一月，《狐狸庵人生論》由河出文庫出版。十一月，《遠藤周作文學論集　宗教篇》《遠藤周作文學論集　文學篇》全二卷（加藤宗哉・富岡幸一郎編）由講談社出版。

二〇一三年　平成二十五年

《遠藤周作短篇名作集》由講談社文藝文庫刊行。

二〇一四年　平成二十六年

一月，町田市民文學館舉辦「遠藤周作《武士》展」。三月，《我是我、這樣子就好》由海龍社出版。五月，遠藤周作文學館舉辦第八次企劃展「遠藤周作與歷史小說——從《沉默》到《王之輓歌》」。九月，《有趣奇妙過一輩子》由河出書房新社出版。第一部全片在台灣拍攝完成的好萊塢一級製作。經由國際名導李安牽線，二〇一四年，史柯西斯偕攝影師到台灣勘景。

二〇一五年　平成二十七年

年初，馬丁・史柯西斯將劇組拉拔到台灣各地拍攝，地點遍及中影片廠、陽明山、平溪大華壺穴、金瓜石燦光寮古道、北投秀山國小、貢寮桃源谷、萬里烘子坪、金山、三芝、台中造浪池、花蓮牛山和石梯坪等地，在台灣待了八個月，動員七百五十名演員和工作人員（包括超過三百五十名台灣工作人員）、超過三千名臨時演員。
三月，《人生、應徹底吊兒郎當》；九月，《還有明天這一天不是嗎》由河出書房新社出版。十月至十二月，名古屋近代文學館舉辦特別紀念二人展「梅崎春生×遠藤周作展」。

二〇一六年　平成二十八年

遠藤周作《沉默》改編成同名的電影，十二月二十三日於美國放映。
一九五四年以伊達龍一郎筆名發表於《オール讀物》的〈非洲的體臭〉被發現，被視為遠藤中間性小說處女作。

二〇一七年　平成二十九年

電影《沈默》一月二十一日於日本全國放映。二月十七日於台灣放映。

內容簡介

本書所精選的三篇作品，在遠藤周作的創作生涯中皆具有獨特意義，各發異采。其中，〈到雅典〉中譯版亦是首度在台發表，深具出版價值。

〈到雅典〉為遠藤從評論書寫轉至文學創作的小說處女作，本文作於一九五三年遠藤自法國留學三年歸國之時，發表後受到文壇重視。小說某種程度記錄了他孤身異鄉期間的觀察、思考與心境轉折。遠藤曾表示，〈到雅典〉包含了後來他全部作品的方向與題目，即使日後發表過諸多類型的主題小說，此短篇仍是他所愛戀的原初之作。

〈影子〉乃近於自傳式的書寫，亦是遠藤自我揭露創作核心的作品。他在文中寫道：「長久以來，我的信仰在某種意義上與對母親的愛連結，也和對您（神父）的畏敬連結。」母親與宗教向來是遠藤不斷深掘、冶煉、打磨的文學命題，亦是其生命河流的源頭。除了透過書寫來釐清並深化對母親的依戀，作者更欲藉文中神父的際遇凸顯信仰與人性的掙扎，體現其所說過的：「宗教文學不是歌頌神或天使的，最重要的是描寫人性」此一寫作宗旨。

〈海與毒藥〉的寫作素材取自第二次世界大戰時，發生在九州大學附屬醫院對美軍俘虜實施人體解剖的事件，主要是想藉此探討日本人欠缺「罪與罰」的意識，觀點深受莫里亞克（François Mauriac）對東方人「無自我主張」的批評之影響。

本文於一九五七年發表連載，不僅獲每日出版文化獎與新潮社文學獎肯定，更數度再版，引發廣大迴響，無奈卻受到事件當事人的指責，遠藤為此相當難過，澄清本文並非「事件小說」，他也無意譴責當事人，而是希望能透過角色的覺醒—產生罪的意識—到承認神的存在的這段過程，呈現出神與罪的意識兩者互為表裡的關係。

作者簡介

遠藤周作

近代日本文學大家。一九二三年生於東京，慶應大學法文系畢業，別號狐狸庵山人，曾先後獲芥川獎、新潮社文學獎、每日出版文學獎、每日藝術獎、谷崎潤一郎獎、野間文學獎等多項日本文學大獎，一九九五年獲日本文化勳章。遠藤承襲了自夏目漱石、經芥川龍之介至崛辰雄一脈相傳的傳統，在近代日本文學中居承先啟後的地位。

生於東京，在中國大連度過童年的遠藤周作，於一九三三年隨離婚的母親回到日本；由於身體虛弱，使他在二次世界大戰期間未被徵召入伍，而進入慶應大學攻讀法國文學，並在一九五〇年成為日本戰後第一批留學生，前往法國里昂大學留學達二年之久。

回到日本之後，遠藤周作隨即展開了他的作家生涯。作品有以宗教信仰為主的，也有老少咸宜的通俗小說，著有《母親》、《影子》、《我．拋棄了的．女人》、《醜聞》、《海與毒藥》、《沉默》、《武士》、《深河》、《深河創作日記》、《遠藤周作怪奇小說集》、《遠藤周作短篇小說集》、《初春夢的寶船》、《到雅典》等書。一九九六年九月辭世，享年七十三歲。

譯者簡介

林水福

日本國立東北大學文學博士。曾任輔仁大學外語學院院長、日本國立東北大學客座研究員、日本梅光女學院大學副教授、中國青年寫作協會理事長、中華民國日語教育學會理事長、台灣文學協會理事長、國立高雄第一科技大學副校長與外語學院院長、文建會（現文化部）派駐東京台北文化中心首任主任；現任南台科技大學應用日語系教授、國際芥川學會理事兼台灣分會會長、國際石川啄木學會理事兼台灣啄木學會理事長、日本文藝研究會理事。

著有《讚岐典侍日記之研究》（日文）、《他山之石》、《日本現代文學掃描》、《日本文學導讀》（聯合文學）、《源氏物語的女性》（三民書局）、《中外文學交流》（合著、中山學術文化基金會）、《源氏物語是什麼》（合著）、譯有遠藤周作《母親》、《影子》、《我・拋棄了的・女人》、《海與毒藥》、《遠藤周作怪奇小說集》、《遠藤周作短篇小說集》、《初春夢的寶船》、《醜聞》、《武士》、《沉默》、《深河》、《對我而言神是什麼》、《深河創作日記》；井上靖《蒼狼》；新渡戶稻造《武士道》；谷崎潤一郎《細雪》（上下）、《痴人之愛》、《卍》、《鍵》、《夢浮橋》、《少將滋幹之母》《瘋癲老人日記》；大江健三郎《飼育》（合譯、聯文）；與是永駿教授編《台灣現代詩集》（收錄二十六位詩人作品）、《シリーヅ台湾現代詩ⅠⅡⅢ》（國書刊行會出版，收錄十位詩人作品）；與三木直大教授編《暗幕の形象—陳千武詩集》、《深淵—瘂弦詩集》、《越えられない歴史—林亨泰詩集》、《遙望の歌—張錯詩集》、《完全強壮レシぴ—焦桐詩集》、《鹿の哀しみ—許悔之詩集》、《契丹のバラ—席慕蓉詩集》、《乱—向陽詩集》；評論、散文、專欄散見各大報刊、雜誌。研究範疇以日本文學與日本文學翻譯為主，並將觸角延伸到台灣文學研究及散文創作。

文字校對

馬興國

中興大學社會系畢業；資深編輯。

責任編輯

王怡之

東吳大學中文系畢業；資深編輯。

國家圖書館出版品預行編目 (CIP) 資料

到雅典：遠藤周作小說精選 / 遠藤周作著 ; 林水福譯 . --
初版 . – 新北市：立緒文化，民 106.02
面； 公分 . --（新世紀叢書）

ISBN 978-986-360-079-4（平裝）

861.57 105025543

到雅典：遠藤周作小說精選

出版——立緒文化事業有限公司（於中華民國 84 年元月由郝碧蓮、鍾惠民創辦）
作者——遠藤周作
譯者——林水福

發行人——郝碧蓮
顧問——鍾惠民

地址——新北市新店區中央六街 62 號 1 樓
電話——(02)2219-2173
傳真——(02)2219-4998
E-mail Address——service@ncp.com.tw
網址——http://www.ncp.com.tw
Facebook 粉絲專頁——https://www.facebook.com/ncp231
劃撥帳號——1839142-0 號　立緒文化事業有限公司帳戶
行政院新聞局局版臺業字第 6426 號

總經銷——大和書報圖書股份有限公司
電話——(02)8990-2588
傳真——(02)2290-1658
地址——新北市新莊區五工五路 2 號
排版——菩薩蠻數位文化有限公司
印刷——祥新印刷股份有限公司

法律顧問——敦旭法律事務所吳展旭律師

分類號碼——861.57
ISBN——978-986-360-079-4
出版日期——中華民國 106 年 2 月　初版　一刷 (1 ～ 1,800)

定價◎ 320 元　立緒

愛戀智慧 閱讀大師

大都文化 閱讀卡

姓　名：

地　址：□□□

電　話：(　　)　　　　　　　　傳　真：(　　)

E-mail：

您購買的書名：________________________

購書書店：__________市（縣）____________書店

■您習慣以何種方式購書？

□逛書店 □劃撥郵購 □電話訂購 □傳真訂購 □銷售人員推薦

□團體訂購 □網路訂購 □讀書會 □演講活動 □其他________

■您從何處得知本書消息？

□書店 □報章雜誌 □廣播節目 □電視節目 □銷售人員推薦

□師友介紹 □廣告信函 □書訊 □網路 □其他____________

■您的基本資料：

性別：□男 □女　婚姻：□已婚 □未婚　年齡：民國________年次

職業：□製造業 □銷售業 □金融業 □資訊業 □學生

□大眾傳播 □自由業 □服務業 □軍警 □公 □教 □家管

□其他________________________

教育程度：□高中以下 □專科 □大學 □研究所及以上

建議事項：

愛戀智慧 閱讀大師

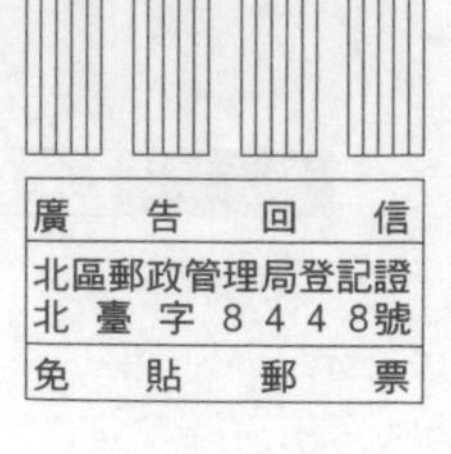

立緒文化事業有限公司 收

新北市 2 3 1

新店區中央六街62號一樓

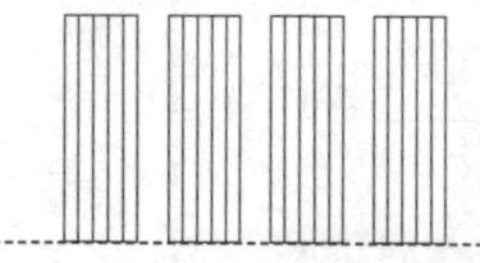

請沿虛線摺下裝訂，謝謝！

感謝您購買立緒文化的書籍

為提供讀者更好的服務，現在填妥各項資訊，寄回閱讀卡（免貼郵票），或者歡迎上網至http://www.ncp.com.tw，加入立緒文化會員，即可收到最新書訊及不定期優惠訊息。